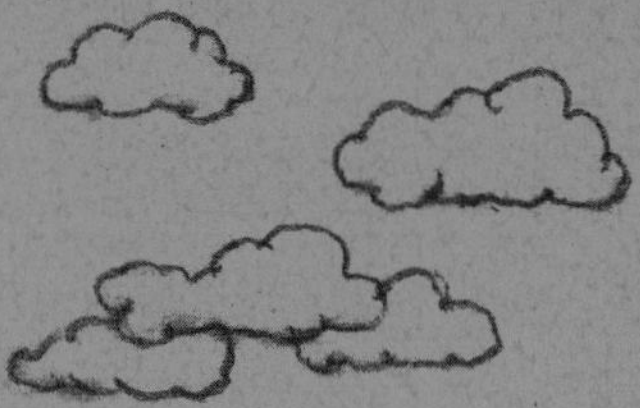

父のおじさん

作家・尾崎一雄と父の不思議な関係

田中敦子

里文出版

父のおじさん

作家・尾崎一雄と父の不思議な関係

田中敦子

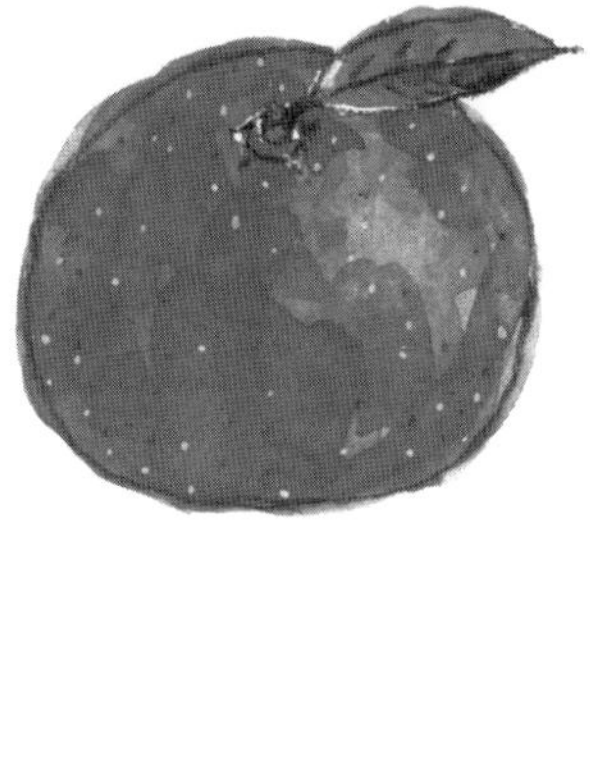

里文出版

はじめに

この本のタイトル『父のおじさん』から、ある人は映画化された北杜夫《きたもりお》[1]原作の『ぼくのおじさん』を、ある人はジャック・タチ[2]の『ぼくの伯父さん』を、またある人は、歴史学者である網野《あみの》善彦《よしひこ》[3]について甥《おい》である中沢新一《なかざわしんいち》[4]が綴った『ぼくの叔父さん　網野善彦』を想起するかもしれません。

『父のおじさん』というタイトルには、血の繋《つな》がっていないおじさんが、父を掛け値なしの大きな愛情で支え、実の親以上に見守り続けてくれた、その奇跡のような関係を、子どものころから不思議に感じ、ありがたくも思っていた、娘である私の気持ちを込めています。

私はおじさんのことを、「おじいさん」とは呼べませんでした。父には「おじいさんと呼びなさい」と叱られましたが、そこは頑《かたく》なでした。おじさんには血の繋がった立派な孫がいるのだから、と子ども心に遠慮していたのです。当時のおじさんは世間に名の知れた人でしたから、そんな偉い方を他人の私が「おじいさん」などと馴《な》れ馴れしく呼んではいけないとも、思っていたように記憶しています。

父の大好きな、大切な、懐かしくてならないおじさんは、タイトルにもある、作家の尾崎一雄《おざきかずお》さんです。今となっては、日本文学通の人でないとピンとこない名前かもしれませんが、志賀直哉《しがなおや》の弟子で、私小説作家として戦前戦後に活躍、芥川賞と二度の野間文芸賞を受賞し、芸術院会員であり、文化功労賞、文化勲章も授与されました。

代表作は、芥川賞受賞作品『暢氣眼鏡《のんきめがね》』やそれに続く『芳兵衛物語』、心境小説の最高峰で戦後初めて英訳された短編としても知られる『虫のいろいろ』などですが、私の父や父の家族のことを題材にした作品もあります。『家常茶飯』『運といふ言葉』『山下一家』『大吉の籤《くじ》』『仲人について』などです。これらは、父が当時の掲載文芸誌を今も大切に（というにはかなりボロボロですが）保管しているために知ったことで、読んでみてつくづく思うのは、ごく平凡な市井《しせい》の人間の出来事を文学作品として意味づけてもらえている、そのことのありがたさです。

父から断片的に聞いている父や父の家族の話が、尾崎さんの筆致によりほぼ正確に残されていることも、身内としてはこの上ない財産で、知るはずのない当時の風景を追体験することができるのです。ちなみに父は健在です。

私の実家は東京の東の端っこにあります。二〇一六年（平成二十八年）に母が亡くなり、早五年が過ぎましたが、今も毎朝、父は目覚めると、仏壇のある隣の部屋の襖《ふすま》を開けて「お母ちゃんおはよう、って声を掛けるんだ。生きてた時と一緒だよ」とちょっと照れたように、言います。

重度のリウマチだった母を、父は長きにわたって介護しました。仕事のある私と妹に、仕事を辞めたらダメだ、と言い、経営していた会社をたたんで、母の介護に専念することを決意します。癇癪《かんしゃく》持ちの父は、介護疲れで母に当たることもあり、そんな時には、母が泣き声で電話をかけてくることもままありましたけれど、一度施設に入った母が、家に帰りたいと言い出し、自宅に戻った最後の九カ月、父の献身的な介護は見事でした。ヘルパーさんや訪問看護をフルに利用してもなお足りない、ガラス細工のような脆弱《ぜいじゃく》な体になった母のケアを、父は十二分に補いました。

及ばずながら、私も妹もサポートしましたが、母は私たちに自分の体を見せることを嫌がっていました。母親としての尊厳を守り続けたかったのだと、今は思います。父は、棒のように細くなった母の足を、朝な夕な、時間をかけて足浴でほぐしました。

睡眠剤を飲まないと眠れなかった母は、服用してしばらくすると痛みが消えて楽になり、よく父の昔話を聞きたがりました。母の好きな話がいくつかあって、それを繰り返しせがんだそうです。中学生の父が子豚を育てた話とか、川で小魚をとって鶏の餌にした話。母はすでに末期的な症状でしたが、幸福な時間だったと思います。

薬のせいもあり、母は朝の目覚めが遅い人でした。早起きの父はストレッチやラジオ体操、庭や道の掃除などを終えると、母の部屋に行って「お母ちゃんおはよう」と、母をベッドから起こすのが日課でした。生前、母は「もう目が覚めてるんだけど、お父さんが起こしにくるまで、寝たふりをしているの。時々来るのが遅くなって、退屈しちゃう」とこっそり私に告げて笑うことがありましたけど。

桃の節句の朝、父は母の様子が気になって日課の前に部屋に入ると、布団から足先が出ていたので、「おはよう」と言いながら布団をかけてあげようと足に触れたところ、氷のように冷たかった。もともと冷たい足でしたが、異常を感じ、まさか、と思いながら枕元に行き顔を見たら、ぽっかりと口を開けて息を引き取っていたといいます。母は、「今だってこんなに辛いのに、死ぬ時はもっと辛いのかしら」とポツリと呟《つぶや》くことがありました。だから、まるで眠るようにこの世から旅立てたことは、不幸中の幸いでした。

出張先の沖縄での早朝、連絡を受けた私が慌てて飛行機の便を変え、実家に着いた昼ごろには、すでに検視が終わっていました。自宅で亡くなった場合、検視は避けて通れないことです。自然死か、事故か、故意か。形式的ではあっても、きちんと取り調べるのが、警察官の仕事です。父にとって辛いひとときだったと思います。が、立ち会った警察官は、リウマチでひどく歪曲《わいきょく》した体躯《たいく》とはいえ、母の肌はとても清潔に保たれていて、父の介護がどれほど献身的だったかを母の身体は物語っていたのでしょう。綺麗《きれい》な体ですね、大切にお世話なさってたんですね、と父にねぎらいの言葉をかけてくれたといいます。

先の見えなかった介護の終幕、警察官のその言葉は、父にとって大きな慰《なぐさ》めとなりました。

夕方には斎場の人が訪ねてきて、早速に打ち合わせ。火葬場の関係で何日か先、といわれた時に、そんなに母をここに置いておいたら父がもたない、と感じました。交渉上手な夫のおかげで、なんと翌日に通夜が営まれることとなりました。翌日の午前中には納棺、そして斎場に運ばれることになりました。玄関から棺桶が出る時、父はこの世の終わりを嘆くかのような声で、「お母さんが行っちゃったよ」と言いながら、へたり込んでしまいました。その姿は、ヘナヘナとオノマトペを添えたくなるような、サザエさんの四コマ漫画さながらでした。私は、そんな父を見たことがなかったので戸惑いました。お父さん、もっと気丈でいてよ、と思わずにいられませんでした。
ああ、でもきっと、あの時の父の心の中では、妻の死の悲嘆だけでなく、妻という大切な存在の死によって、遠い昔の大きな喪失がフラッシュバックしたのではないかと思うのです。

父の、遠い昔の大きな喪失。東京大空襲の犠牲となった家族。父の両親と兄と妹。

一九四五年（昭和二十年）三月十日未明、東京下町がB29の爆撃により焦土と化したあの日、深川の木場にあった社宅の防空壕で、父の家族は窒息《ちっそく》死したのです。学童疎開《そかい》の年齢だった父だけが、伊豆に縁故《えんこ》疎開していました。一夜にして父は、この世で一人ぼっちの戦争孤児となってしまいました。十万人の犠牲者を出した世紀のホロコースト、東京大空襲は、たくさんの、本当にたくさんの悲劇を生みました。親を、子を、兄弟を、恋人を、友人を失った人。瀕死《ひんし》の重傷を負った人、家を焼き出された人。私が体験したわけでもないのに、あの空襲の映像や画像を見ると、戦争の理不尽がまざまざと伝わり、息苦しくなります。
人の生死の境目とは、紙一重です。何気ない一瞬の判断で、明暗が分かれます。尾崎さんの夫人である松枝《まつえ》さんが東京大空襲を免《まぬが》れたことは、まさにそうでした。その経緯《いきさつ》については、尾崎さんの作品『運といふ言葉』に描かれていますが、松枝さんの幸いと父の不幸が、尾崎さんと父を結ぶ紐帯《ちゅうたい》となったのもまた、運命の不思議なのでしょう。

尾崎さんは、一九八三年（昭和五十八年）三月三十一日に八十三歳で亡くなりました。尾崎さんの家柄は鎌倉時代より続く、神奈川県下曽我《しもそが》にある宗我《そが》神社の神主で、けれど尾崎さんの父親は神官にはならず、伊勢の皇學館《こうがくかん》の教師の道を選びました。告別式は、宗我神社での神式でしたが、竹馬の友だった神主さんの祭詞は、涙を誘うものでした。この時も、父の喪失感はかなりのものでした。

一年後、尾崎さんの一年祭（仏教の一周忌と同様の祭事）を前に、偲《しの》ぶ会が開かれました。父は尾崎さんとの思い出を、集まった方々の前でお話しすることになりました。その文章はその年の神静民報（地元の新聞）に掲載されました。

これから私は、父が書いたその文章を少しずつ引用しながら、尾崎さんの作品も抜き出しながら、「父のおじさん」の物語を紡いでいこうと思います。よろしくお付き合いください。

父のおじさん

作家・尾崎一雄と父の不思議な関係◎目次

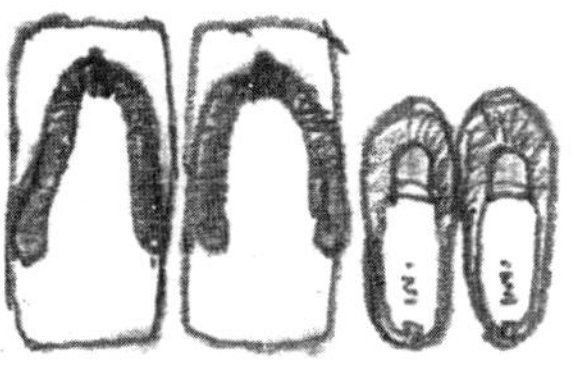

出会い

上野の山は、今も昔も大好きな場所です。家族でよく出かけました。子どもにとっては動物園が何より楽しみだし、世の中の不思議が詰まった国立科学博物館も大好きでした。リズミカルに曲線を描く噴水、トンネルのような桜並木、三色団子の新鶯亭《しんうぐいすてい》。最近では、上野といえば東京国立博物館が主な訪問先なのですが、いつも直ぐに帰りたくなくて、ぶらぶら散歩してしまいます。今はなき、京成線の博物館動物園駅、あの薄暗い地下から地上に上がる時のワクワクした気持ちを、国会議事堂の中央塔を切り取ったような洋館風地上口前を通るたびに懐かしく思い出します。私が上野好きなのは、東京の東の端っこで育ったからということもありますが、もっと大きな理由があります。父の家族と尾崎さん一家の出会いの地が上野だから、なのです。

戦前、父たちが暮らしていたのは、言問《こととい》通りの、カヤバ珈琲がある上野桜木の信号から東京藝術大学へと抜ける道、その最初の路地にある借家でした。今も住宅が軒を並べる静かな路地です。尾崎さんの作品に、横丁物と呼ばれる『なめくぢ横丁』『もぐら横丁』『ぼうふら横丁』

の三部作がありますが、その中の『ぼうふら横丁』が父たちの暮らした路地で、タイトルからも当時の雰囲気は推《お》して知るべしです。最近では観光地として人気の高い谷根千《やねせん》に隣接する一角で、父にとっての谷根千は、庭のような感覚です。友だちにジュースを奢《おご》ったというカヤバ珈琲、母親と一緒に行く女湯が嫌だった柏湯（現在のスカイザバスハウス。ギャラリーの人の話では、銭湯だった時代には何度も名前が変わったという。閉店する時は、再び柏湯）、同級生の家で、あのあたりはいい水が出るから豆腐も美味しい、と懐かしむ藤屋豆腐店など、父の思い出話には、今も人気のお店がしばしば登場します。

父は一九三三年（昭和八年）九月四日、上野の隣にある本郷の帝大病院（現・東大病院）で産声《うぶごえ》を上げました。界隈《かいわい》の子どもたちはだいたいそこで生まれていて、「僕たちは東大出だよな」とは、父が還暦を迎えた頃に再会した小学校（ただし、二年生からは一九四一年〈昭和十六年〉公布の国民学校令により従来の小学校を改めて国民学校となる。一九四七年まで存続）の同級生たちの定番ジョーク。ここで生まれた父が四歳の誕生日を迎えた頃、向かいの家に尾崎さん一家が引っ越してきました。

父が尾崎さんの一年祭（神道の一周忌）を前に開かれた偲《しの》ぶ会で朗読した『思い出の記　故・

尾崎一雄おじさんの一年祭』は、尾崎さん一家との出会いの日から始まります。

昭和十二年九月、上野の森の蝉時雨が上野《うえの》櫻《さくら》木町《ぎちょう》の路地にまで響きわたっています。空は青空です。この日、我が家のお向かいに、小説家の尾崎一雄さん一家が引っ越してきました。「天に代わりてァァカッテ」と出征する兵士を送る歌『日本陸軍』を繰り返し歌う男の子の声がします。

あっ、友だちもできる!

母は、〝暢気眼鏡〟が引っ越してきた、と近所の人達と立ち話をしていました。尾崎のおじさんは、この年の七月に第五回芥川賞を受賞、巷の話題になっていたのでしょう。けれど、当時四歳の私は小耳に挟んだ話を、漫画に出てくる暢気な父さんが来たのだと思い込み、お向かいを覗《のぞ》き込んでみたのですが、ごく普通のおじさんで、少しも変わったところはなく、おかしいな、と思ったものでした。

引っ越し当時の尾崎さん一家は、後におじさんの代表作のひとつとなる『芳兵衛物語』の主人公、松枝夫人と、長女の一枝《かずえ》ちゃん、長男の鮎雄《あゆお》ちゃんの四人家族でした。私の家も両親と兄と私の四人家族。しかもその後、我が家に妹の雅子《のりこ》が、尾崎家にも次女の圭子《けいこ》ちゃんが生まれています。家族構成が似ているのも、ご縁だったのでしょう。

ここで、父の家族と出会うまでの尾崎さんの半生に触れる必要があるでしょう。尾崎さんは一八九九年（明治三十二年）十二月二十五日生まれ。神奈川県足柄下郡下曽我村谷津（現在の小田原市曽我谷津）にある代々宗我神社の神官を務めてきた家に、クリスマスの日に生まれます。尾崎さんの父親である尾崎八束《やつか》[7]が伊勢の皇學館の教師として三重県宇治山田町（現在の伊勢市）に赴任していたため、出生地は異なるものの、一生のほとんどを過ごした下曽我が、尾崎さんにとっての故郷です。

下曽我は、梅干しでその名を知られる土地で、尾崎さんも梅干しづくりの名人でした。「尾崎屋謹製と称して、味にはいささかの自負なきにしもあらず」と、『私の履歴書』に、そんな一文を残しています（その他、文化出版局刊季刊『銀花』八号の『尾崎屋謹製わが家の梅干し』など、自慢ネタとしていくつか随筆を残しています）。うちの家族も、そのお相伴にあずかっていました。

古風な儒教的精神が息づく家で育った尾崎さんでしたが、十七歳の時に古雑誌に掲載されていた志賀直哉の『大津順吉』を読んで大きな衝撃を受けます。小説というものによって、これほどの感動を与えられるものなのか、と。しかもこの時、尾崎さんは、志賀直哉のことをまるで知りませんでした。何しろ、直哉を、ちょくさい、だと思っていたくらいです。志賀直哉の弟子として知られる尾崎さんですが、このあたりのことについて、国語学者の中村明《なかむらあきら》[8]が書いた自身の評を日本経済新聞の『私の履歴書』で引用しています。

「(前略)一級小説家としての志賀直哉が作家志望の尾崎一雄を導いたのではなく『どこの誰かまるで知らない』〝志賀直哉《ちょくさい》〟とか称する無名の若手文士の書いた『大津順吉』という一作品が、透明な一青年の心をとらえたのだという事実である。つまり、志賀直哉が尾崎一雄を認めるより前に、いわば尾崎一雄が志賀直哉を発見したのである」

私は、透明な一青年の心、という表現がとても好きです。これはきっと尾崎さんの一生を貫いた、直観的な心の持ちようだと思うのです。

ところが、父の八束は実に厳格。「小説？　軟文学か」と認めません。やむなく尾崎さんは法政大学予科に進みますが、意に染まぬ大学生活ゆえ、授業などそっちのけで図書館に通って文学書を読み漁る日々でした。しかし、八束が当時世界的に流行していたスペイン風邪で急逝《きゅうせい》、尾崎さんは若くして家長としての役割を担うことになります。同時に父ゆえの蹉跌《さてつ》からも解放されて、いよいよ文学の道を歩み始めるのです。

二十一歳で、新設された早稲田大学第一高等学院に入学し直します。ここで尾崎さんは、良き教師や若き文学青年たちと出会い、同人誌の創刊など活発な文学活動を始めます。病気による休学を経て、二十五歳で早稲田大学国文科に進学。この高等学院、大学時代こそが、のちに『あの日この日』『続あの日この日』という尾崎版近代日本文学私史の土壌を耕すことになります。多くの同人誌に関わり、作品発表や作品講評などを精力的に手がけ、近代日本文学史に名を刻む作家たちとの交流盛んな熱き時代でした。憧れの志賀直哉とも繋がりが生まれます。父親の残した遺産を手に、兜町に通って株式投資をしたり、友人たちに振舞ったり、なかなか豪気な遊びもしていた頃です。

そんな矢先の関東大震災。故郷の下曽我は甚大な被害を受け、家屋崩壊。父の残した宅地や田畑は借金の返済のために失い、遺産も底をつきます。さらに、台頭してきたプロレタリア文学の作家たちから、志賀直哉の作品がブルジョア文学として批判の矢面に立たされ、尾崎さんもまたその渦中に巻き込まれて、スランプに陥ります。この時期に最初の結婚をするのですが、内縁関係のうちに不仲となり、さらには、志賀直哉を敬愛し、追随するあまり、独自の作風を切り拓けず、尾崎さんは絶望的な気持ちを抱え込みます。

妻から逃がれるように、また、抱えきれない絶望を背負って、倒れこむようにして、奈良で暮らしていた志賀直哉を訪ね（現在も奈良市高畑に志賀直哉旧居として公開）、しばらく奈良に滞在。志賀直哉の間近に身を寄せ、志賀直哉の人となりに直に触れて、尾崎さんは大きな悟りの境地に至るのです。

（前略）鵜の真似をする烏がどうなるかを、三年も四年ものあがきの末、漸く悟ったのである。この迂遠さは、我がこと乍ら呆然自失ものではないか。十年にも及ぶ志賀直哉追跡が無駄ごとだったとは。（『私の履歴書』より）

このあとの一文が、清々しく心に残ります。

（前略）志賀直哉は亭々たる巨松、自分は――庭の隅にある八ツ手ぐらいか。とは言え、松が松なら、八ツ手は八ツ手だ。自分が八ツ手なら、どこまでも八ツ手らしく生き切ればいいのだ。

こうして尾崎さんは、〝無一物〟という境地を得て、自分らしい文学表現へと舵《かじ》を切ります。内縁の妻と離縁して独り身となり、安下宿を転々としながら、奈良から救いの手を差し伸べる志賀直哉の仕事を手伝うなどし始めます（井原《いはら》西鶴《さいかく》[9]の作品の現代語訳など）。そんな折に出会ったのが、女学校を出て間もない、姉を頼って金沢から上京してきた松枝さんでした。仲間に借金をしながら、二人の新婚生活が始まります。まもなく長女の一枝さんが誕生。若い松枝さんは、世間知らずで心身健康、どこか底抜けにとぼけている。松枝さんの桁外れな楽天的性格が尾崎さんの屈託を解放することになります。そうして、立ち現れた尾崎文学の新たな境地。極貧暮らしの中での若い妻との生活から生まれた作品が、一九三三年（昭和八年）に発表された『暢気眼鏡』でした。

この作品が第五回芥川賞を受賞、尾崎さんは一躍人気作家となりました。当時も、芥川賞作家と作品は、世間的な話題性が高かったのでしょう。父の母親、つまり私の祖母ですが、そのような主婦が井戸端会議で噂するくらいだったのですから。

この文章を書き進めるため、しばしば尾崎さんの作品に目を通します。読むたび感じるのは、削ぎ落とされた文章に込められた深い思索と真理です。『続あの日この日』のページを繰っていたら、太宰《だざい》治《おさむ》[10]との逸話がありました。尾崎さんは早くから太宰の才能を見出していた人でした。太宰の愛人だった太田静子《おおたしずこ》[11]の作品『あはれわが歌』の中で、太宰が「尾崎さんは、もう古いね」としきりに言ったことが記されているのですが、それについて、「彼から見れば私は古いに決つてゐる。言はれなくても判つている。それよりも大体私は、作風が古いとか新しいとかいふことをさして気にしてゐないのだ。一番気にすることといへば、自分の考へや心情を、できるだけ尠い誤差で人に伝へるにはどう書けばいいか、それがうまくいつたかどうか、ということである。だから、いくら「古い」と言はれたつてこたへないのだ」と飄々《ひょうひょう》と綴《つづ》ります。

できるだけ少ない誤差で人に伝えること。今こそ見直すべき心掛けだと私は思うのです。

尾崎家と山下家

父は、尾崎さんが亡くなったのちも、未亡人となった松枝さんと晩年までお付き合いがありました。

松枝さんは気さくで開けっぴろげな人柄で、私も大好きでした。尾崎さんは痩《や》せぎすの体に着流し姿、子どもにとっては近寄りがたさがありました。尾崎家を訪ねると、たいがい尾崎さんは父と、松枝さんは母と私たち姉妹と、男女チームに分かれるようにして、お相手してくれました。

では、父の『思い出の記　故・尾崎一雄おじさんの一年祭』を引き続き引用しましょう。父の母、久子さんと松枝さんが姉妹のように仲良しになった、そんな思い出のシーンです。

松枝おばさんと私の母は、引っ越し当初、よく遣り合っていました。喧嘩の原因は大概が私のいたずらが過ぎてのことで、けれどそれがあってか、やがて姉妹みたいに仲良しになりました。二人してお揃いの着物や洋服を作って着たりするので、私は母と間違えて、おばさんに「おかあさん」と飛びついたこともあります。また、母が妹の雅子のお産で入院しているとき、家にいないはずの母の姿が台所にあって、おかしいなあ？ と思って覗くと、それがおばさんだったこともありました。おばさんと母は、体型も似通っていたのです。

尾崎さんの作品『芳兵衛』の冒頭、松枝さん（作品では芳枝）について、ユーモアと愛を込めた紹介があります。困ったやつだが、可愛いくてね、と、そんなつぶやきが聞こえそうです。

芳兵衛、と云ふが、これはうちの家内で本名は芳枝。年は二十二の、身長五尺二寸に體量十四貫だから先づ大女の方だらう。ところがこれが身體に似合はず大の臆病者だ。臆病であるばかりか、僕の眼からは相當に思慮足らぬ方で、人前に云はでものことを云つてのけ、氣に入らぬことあれば誰の前でも文字通り頬をふくらし、嬉しいと腹の底をそのまま寫した程の笑顔をする。かう云ふたわいのないのを芳枝などと一人前に呼ぶ氣はせぬ。そこで芳兵衛。

私も妹も身長が一六六〜七cmあるのは、「おふくろが大きかったからだ」と、よく父から聞かされました。五尺二寸は一五七・五cmです。一九五〇年の日本の女性の平均身長が一四八cmほどですから、戦前ならばなおのこと、確かになかなかの大女だったことがわかります。「おふくろはそれより少し大きかったよ。五尺三寸五分だったかな。おやじは五尺六寸」という父の言葉に、私はちょっと驚きました。父はかなり記憶力がいいほうではあるのですが、十一歳で死別した両親の身長をどうして覚えているのでしょう。

訝《いぶか》しく思い尋ねると、「おじさんの『山下一家』に書いてあるよ」との返事。父の記憶は、時として尾崎さんが補足してくれていたのでした。

さて。祖母の久子さんと松枝さんの喧嘩《けんか》の種は父だったと書いていますが、具体的には何をしでかしたのでしょうか。

「鮎雄ちゃんはさ、まだ自分の名前を上手に言えなくて、オザキアオオ、って。それを面白がってわざと言わせるんだ。そうすると、コラーッておばさんがやってくる。それがまた面白くて、繰り返しやってたんだね」。松枝さんも、父との雑談でその時のことを振り返って、「私もムキになっちゃって、バカよねえ」と笑っていたそうです。

長男の鮎雄さんは父の一つ下で早生まれ。父は四歳になったばかりでしたから、どちらにしても滑舌《かつぜつ》はまだまだの年齢でしょうけれど、鮎雄さんが幼稚園に入った頃のことを、『子供漫談』という作品で触れていて、親としても気にしていることだったからこそ、松枝さんもムキになったことが理解できます。

この男の子は一月二十一日大寒の入りと云ふ早生れだから身體は大きい。したがつて動作の方は十分歳相當にやるが、口の廻りは少し遲れてゐるやうだ。尤も、この四月から幼稚園に行き出して大分違つてきた。一時は生來の舌たらずではないかと隨分心配したものである。

それにつけても、父は近所でも評判のわんぱく坊主でした。成績優秀な健康優良児の兄がいたので、その比較も働いたようです。「おじさんは僕のことをまアちゃんて呼んでくれたけど、他の近所のおじさんたちは、なぜだかマーベルって呼ぶんだよ。なんでマーベルなのか、今でもわからない」

言問通りに面したご近所に洋食店があり、尾崎家はそこから出前を取ることもあったそうです。配達に来た店主が向かいの家の父の姿を見つけると、悪ガキ発見とばかりに、「おっ、マーベル」と凄《すご》みをきかせたとか。キャプテンマーベルに父の名前を掛けたのだろうかと思ったのですが、キャプテンマーベルのアメリカンコミックデビューが一九四〇年。それ以前の話なので、どうやらあだ名の由来は別にあるようです。

「でも褒《ほ》めてくれる人もいたよ。お兄ちゃんは勉強をして成績がいいけど、弟は勉強しないけど成績がいいんだ。そっちのがすごいねえ、って」。そんなことをよく覚えているのは、かなり比較されていたからなのでしょう。今の時代以上に、長男と次男の間には大きな隔たりがありました。明治時代に制定された家制度により（またそれ以前に武家社会の制度もあって）、戸主を継《つ》ぐ長男は、家族の中でも特別扱いでした。

姉妹のように仲良くなった久子さんと松枝さんは、よくお揃いの服を着ていて、父は、思い出話に綴った以外でも、「路地の角から一人、麻みたいな素材の簡単なワンピースを着た女性が入ってきて、またすぐに、おんなじ姿の人がやってくるんだ。鏡写しみたいだったよ」と笑っていました。

お揃いの服は、誰が縫ったのでしょう。父に、一緒に布を買ってそれぞれ仕立てたのかしら、と尋ねましたが、そのあたりは曖昧《あいまい》でした。が、ヒントがありました。やはり『子供漫談』からですが、松枝さんはあまり器用ではなかったようです。

自宅にはミシンもなく、またあつても家内には少し手の込んだ子供服だとつくれないので、知人の細君に頼んだ。

どうやら年上の久子さんが、一緒に仕立てたり、教えたりしたようです。尾崎さんの筆によれば、父の一家である山下一家は、とにかく親切で世話焼きだったようなのです。お向かいというご縁、年齢も家族構成も近いこと、そして馬が合ったことが、向こう三軒両隣の中でも、際立った親しいお付き合いとなったのでしょう。祖父母が親切だったエピソードもまた『山下一家』に記されていますので、ざっと抜粋してみます。

支那事變もだんだん進んで、つひに今度の戦争となつた。お互ひ生活面で色々な窮屈さを味はふやうになつて來ると、もともと親切な山下家では何かにつけ私共の手助けをしてくれた。今これを書きながら思ひまはせばさうした思ひ出は數限りないのだが、中でも私の記憶に一番鮮かなのは、私方で生まれたばかりの次男が病氣になり入院二ケ月の後、たうとう死んでしまつた、その時に示された山下夫妻の數々の親切である。
（中略）あるとき、こんなことがあつた。尾籠な話だが、洗濯なんぞしもせず出來もしない私だが、場合が場合で仕方なく、下帯だけは自分でやることにした。ある天氣のいい日、こいつを二本内庭の物干にぶら下げておいて私は外出した。午後になつて歸宅してみると、そのうちの一本だけが丁寧にたたんで物入れ戸棚の上に乗せてあるので、私は、はてな、と思つた。見れば、家中ちやんと掃除もしてある。

この後がなかなかユーモラスです。帰宅した尾崎さんに久子さんが声をかけ、下帯一本が干された経緯を説明します。どうやらお隣の犬が引っ張り落とし、汚してしまったようなのです。

「あのお隣の犬が、何だが白いものをくはへて、この路地を駆け廻ってゐるんです。それであたくし、捕まへて見ましたんですの」

という祖母の言葉は、なんだか笑いを誘います。それについての尾崎さんの一文がまた秀逸《しゅういつ》なのです。

（前略）あの犬が、源氏の白旗でも押し立てた氣であれをくはへて、この邊一帯を駈け廻つたのだと思ふと、可笑しいと同時に腹が立つた。

真顔で面白いことを言う、というか、書く。尾崎さんの筆致は落語家のようで、読んだこちらは、後からクスッと笑ってしまうのです。

さらに久子さんについて、書いています。なかなかの豪傑だったようです。

（前略）私は山下夫人にはいろいろと手間をかけた。辞退したら怒りかねない剣幕で、夫人は何でもやってくれたのである。

会ったことのない私の祖母、久子さん。この血は私の中にも流れているのだと思うと、不思議な気持ちになります。

尾崎さんと芥川賞

少しだけ私の話を。二〇〇六年（平成十八年）に『きものの花咲くころ』という本を上梓しました（二〇一六年に『きもの宝典』として再版）。十年在籍した主婦の友社の、看板雑誌『主婦の友』から、きもの関連の記事を選り抜いて再編集し、解説をつけたもので、一九一六年（大正五年）に創刊された『主婦の友』九十年分に目を通してみると、表紙や口絵、テーマ、執筆陣、記者の語り口などから、リアルに時代の匂いを感じることができ、濃縮されたその時間が今も体に染み込んでいます。

戦前の生活を当時の雑誌を通して知ることで、父が過ごした上野櫻木町の日常を、うっすらとではありますが、感じ取れるようになった気がしました。この本が出版された時、父は「おふくろも『主婦の友』を買ってたな。きものの洗い張りもしてたよ」とふと思い出したようにつぶやきました。

ここで、父が書いた『思い出の記　故・尾崎一雄おじさんの一年祭』を引き続き引用することにしましょう。

上野櫻木町時代、私は自分の家と同じように気兼ねなく、お向かいの尾崎家へ出入りしていました。おじさんの『暢気眼鏡』は、当時、一世を風靡した作品でした。そんなこともあり、女学生がよく家を覗きに来ていました。表札もしょっちゅう盗られて、つけ替えてもすぐになくなります。そのため、だんだん粗末になっていって、あるとき、墨が薄くて見えにくい表札になってしまっていました。私はそれが気になって仕方なく、意を決して筆に墨を浸し、名字を濃く書き直しました。我ながら上手くやったつもりだったのですが、大人から見れば、ただただ汚すだけの不出来という始末。おばさんは、すぐに犯人を割り出し、私を捕まえて高々と抱き上げながら、「あんたがやったんでしょ」と私の顔を表札にこすりつけるようにしたのですが、その二の腕の力こぶが逞しく、恐い思いをしました。そういえば、おじさんも力こぶ自慢で、ひょいと袖をまくってつくってみせてくれました。当時の大人はみな着物だったから、二の腕をすぐに晒せたのだな、と懐かしく思い出します。

第五回芥川賞を受賞し、一世を風靡《ふうび》した『暢氣眼鏡』は、尾崎作品の新境地と呼べるものです。志賀文学に心酔するあまりに自縄自縛《じじょうじばく》状態となり、また昭和初年のプロレタリア文学全盛の時代から長くスランプに陥った尾崎さんが、苦悩ののちに悟りを得て、自らの道を切り開いたものでした。作品『なめくぢ横丁』に、執筆時の心境が綴られています。

長い間離れてゐた仕事に久しぶりで取りつき、先づ出來上つた『暢氣眼鏡』といふ短篇は、それまで先生（注・志賀直哉のこと）の眞似をしようとばかりあせつてゐた間違ひに氣づき、自分流になりふりかまはず書く、といふ心で、自分の愚を愚としてぶちまけたものだつた。心柄とは云へ、何と自分は愚事に愚事を重ねて來たものだらう、何と恥と悔に充ちた我が年月だつたらう。ああ、わツと一聲、透明な風となつて消え失せてもしまひたい。

『なめくぢ横丁』など上野櫻木町に引っ越す以前の様子を描いた作品には、近代日本文学に名を残す、錚々《そうそう》たる文士たちが多数登場しますが、いずれ貧しい彼らでした。しかし、文士の間にはごく緩やかな互助システムがあったようで、お金に困りながらも算盤勘定《そろばんかんじょう》などしもしない文士という人種の、作品に描かれた悲喜こもごもは、落語の「長屋の花見」的な可笑《おか》しみがあります。結婚して子どももできた尾崎さんと松枝さんは、そんな仲間たちの中で、尾崎さん曰く「貧寒《ひんかん》を極めたその日暮らし」をしながら、執筆への情熱を取り戻し、そうして生まれた作品が、思いがけず芥川賞を受賞するのです。

そんな尾崎さん一家が、どうして上野櫻木町（当時は下谷区上野櫻木町。現在は、台東区上野桜木）に引っ越しをしてきたのか、その理由が『質屋について』という作品の中に書いてありました。

> 翌十二年の初秋、私は上野櫻木町へ引越した。その春四月、最初の著書を出すと共に、小説の仕事にも少し身を入れる氣になり、「早稲田文學」の編輯を辭したのである。あとは淺見淵[12]が引き受けてくれた。
> すると、前書いた通り、思ひがけなく七月になつて、その著書により芥川賞を受けた。その本を出した本屋が上野櫻木町にあり、主人が私の舊い友人であるため、仕事の片手間に出版の手つだひをしないか、といふ話で、それも好し、と私は引受けたのである。ついては、近くがいいから、こつちへ來ないか、適當の家が近所にある、よからう、――それで櫻木町への引越しとなつた。

なんと芥川賞受賞が、父の家の前に尾崎さん一家が引っ越してきた理由だったのです。ところで、『大観堂《たいかんどう》の話』[13]という作品に、芥川賞の賞品と賞金について触れている一節がありますが、賞品は懐中時計《かいちゅう》で、時によりロンジン、ナルダン、オメガ、と変わったようです（尾崎さんの時はロンジンでした）。大観堂は引っ越しを勧めた本屋とは違いますが（引っ越しのきっかけとなった本屋は砂子屋書房）、古書店兼出版社。そして、尾崎さんが早稲田大学第一高等学院の学生だった頃からの旧知であり、古本のやりとりのみならず、尾崎さんたちが始めた同人誌の出版を請け負っていました。また、尾崎さんの短編集や随筆集も出版していて、何かと頼ってお金を借りる相手でもありました。賞品の懐中時計もまた、その後、借金のかたに預けてしまったのです。「時計が大観堂に行つて、飲み代に化けた」と。しかもそれは、壊れていました。

（前略）酔ってゐる時、強く巻いたため、龍頭のひつかかりが無くなつてゐたのである。それを直しにもやらず、大観堂へ持ち込んで金を借りたのだ。大観堂は私には全て無利子だから、とかく預けつぱなしになりがちだつた。

つまり、質流れには決してならない安心できる預け先だったのです。賞金は五百円。現在の芥川賞が、やはり懐中時計と賞金百万円ですから、当時もそれに匹敵する金額だったのでしょう。ちなみに、そのころの公務員の初任給は七十五円でした。長女の一枝さんが尾崎さんから聞いたところによれば、質屋に入っていた松枝さんのきものなどをすべて戻し、酒屋や米屋のツケを払い、松枝さん好物のどら焼きを買ったら消えてしまったそうです。

「これを貰つた時は、滑稽でね。大體僕は、芥川賞なんて、考へてもゐなかつた。僕なんかうだつは上つていなかつたけどたうはたつてゐたし、それに短篇集なんだから規格外なんだよ。だから意外で、びつくりした。しかし、金が五百圓貰へるのは嬉しくつて、そいつを待ちきれずに、賞金を早くくれるやうに話して下さい、と瀧井さんに頼んだ。そしたら、早くくれたよ。賞金の催促をやつたのは僕だけだらうなア」

父が良かれと思って墨でなぞった表札について、少し触れましょう。試験と四軒を掛けて、四軒分の表札を盗む、もしくは四軒先の表札を盗む、など、合格祈願の受験生が表札を盗むという話は、私も大人たちから聞かされた記憶があります。実際に、わざわざ有名人の表札を盗む受験生がいたのは、井上ひさし[14]のエッセイ『表札泥棒』（『巷談《こうだん》辞典』収録）からもわかります。ご本人も学生時代にかなり表札を失敬したと『青葉繁れる』にありますが、この作品に登場するのは、医大受験生。井上宅の表札を泥棒する際に、ご丁寧に表札を拝借した旨、置き手紙を残すというものでした。

尾崎宅の表札泥棒は、受験生だったか、それとも、ミーハーなファンのイタズラ心だったか。尾崎さんの作品『ぼうふら横丁』の中に、表札（標札と表記されてます）を盗られたエピソードを発見しました。

当時は、著名人の表札を集めるという趣味があったようで、志賀直哉も[15]横光利一《よこみつりいち》も[16]林芙美子《はやしふみこ》も、盗まれて困る、とこぼしていました。尾崎さんの場合は、上野櫻木町に引っ越すと、これまで通り（以前の家もそうしていた）玄関先に名刺を張っておいたら、旧知の砂子屋書房の店主から、「こんな無体裁はよせ」とたしなめられます。芥川賞をとったのに、という意味合いもあったのでしょう。「では、君書いてくれ」ということになり、上野広小路から木札を買ってきて、店主に書かせたのです。尾崎さんは悪筆で、それを晒《さら》すのがいやさに、たしなめた本人にまんまと書かせたわけで、表札泥棒は、尾崎さんの文字を目当てに集めたとしたら、偽物《にせもの》を掴《つか》んでしまったのです。

表札泥棒は、幼い父には災難に見えたでしょうが、その表札を堂々と揚げた、と書いているように、尾崎さんにとっては、それまでの貧寒な暮らしから抜け出し、一躍有名人になった時期ですから、表札泥棒もまた良し、という気分もあったのではないかと思います。

松枝さんが大女ということは、前にも書きましたが、さらに具体的な表記が『芳兵衛物語』にありました。逞《たくま》しい二の腕を彷彿《ほうふつ》とさせる一文です。

遅生れの十九だが、五尺二寸に十四貫といふ、女にしては大柄の方で、肉づきよく、色白く、人の顔さへ見ればニコニコせずには居れぬといふたちだつた。學校時代は運動の選手で、そんなためか、立居ふるまひに元氣よいところがあつた。

『芳兵衛物語』は、一九四九年（昭和二十四年）から一九五〇年（昭和二十五年）にかけて書かれた作品で、『暢氣眼鏡』など戦前の芳兵衛ものから時を経て、三十三歳と十九歳の二人の愛の形を、洗練された筆致で描いた作品です。職なし、宿無し、一文無しの尾崎さんと結婚した芳枝（松枝さん）。小さな揺れや戸惑いを重ね、おぼつかない足取りで日々を過ごしながら、夫婦の絆が育まれ、書くことで収入を得られる目処《めど》もついてくる。その終わりの一文を引用します。

（前略）不意に芳枝が、

「あッ、風！　この風、まるで春の風みたい！」と云つた。

おだやかな風が、多木の頬に觸り、手摺りにかけた腕を撫でてわきにしみ込んだ。

「うん。これは春の風だ。――いよいよ春になるんだな」

「何だか、春の匂ひがするやうよ」

昭和七年の三月初め、ふと忍び寄つた春の氣配であつた。


腕を撫《な》でて脇にしみ込んだ穏やかな風。父が書いたように、二の腕をすぐにさらすことのできる、きものが当たり前だった時代の人だからこそ感じ取れる春の気配。なんとも美しい愛情物語のラストシーンです。

なお、多木とは、尾崎さんが作品で自身を表現する時に使う仮名です（他に緒方も多用されています）。

戦前の上野櫻木町

二〇一六年（平成二十八年）三月に母が亡くなってからしばらく、父の精神も身体も、目を覆《おお》いたくなるほどの衰弱を見せ、このまま母を追いかけるようにして逝《い》ったらどうしようかと途方に暮れました。

なにか元気づけることはできないか、と思案し、私にできそうなことといえば、こうした物語を書くことくらいでした。でも、すぐには手をつけることができなくて、そんな時にふと思い浮かんだのが、写真家である田沼武能《たぬまたけよし》[17]さんの『時代を刻んだ貌』（クレヴィス）という写真集の中にあった尾崎さんの笑顔でした。文士の肖像や、ユニセフの子どもたちの写真で知られる田沼さんのこの本には昭和を代表する文化人二百四十人の姿が掲載されていて、その中の一人として尾崎さんが選ばれていました。

私が出版社に入ったばかりの頃、田沼さんの奥様である、歯科医の田沼敦子《たぬまあつこ》[18]さんと出会い、以来長くお付き合いさせていただいています。そんなご縁でお送りいただいた本なのですが、事情を説明し、無理を承知でオリジナルプリントをお願いしました。

実家には尾崎さんの写真がたくさんあります。どの写真も魅力的ですが、田沼武能さんが撮影した尾崎さんの笑顔は格別です。きっと尾崎さんは、父にもこの笑顔を見せていたに違いありません。指には吸いさしの紙巻きタバコ。大病してもやめなかったタバコは、尾崎さんのトレードマークです。

父は子どもの頃から尾崎さんが大好きだったそうです。父が書いた『思い出の記　故・尾崎一雄おじさんの一年祭』から引用します。

私にとって、実の母はとても恐い人でしたが、お向かいのおばさんも、負けず劣らずでした。母が留守のとき、鬼の居ぬ間の洗濯とばかり、近所の友だちを家に上げ、大騒ぎしていると、お向かいからおばさんが「コラッ！」と怒鳴りながら駆け込んでくるので、なかなか息抜きもできません。また、表で遊んで、服を泥だらけにして帰ってくれば、母とおばさんの二人にしかられるのだから、たまったものではありませんでした。

一方、当時のおじさんは、始終にこにこしていていた記憶があります。腕白者の私の話を親身になって聞いてくれる（ように思えた）よき理解者として映っていました。

お向かいの二階がおじさんの書斎でした。私の家とで挟まれた細道で、子どもたちは遊ぶのですが、大騒ぎになると、一枝ちゃんが気を遣って、「お父さんがお仕事中だから、静かにして」と言うのにも聞かぬ振りの私たちに、やがて二階から、おじさんの顔が覗きます。

「まアちゃん、まアちゃん、おじさんは今仕事中なのだ。だから、少し静かにしてくれないか」と、子ども扱いでない口調で言われると、一も二もなく、言うことを聞いてしまうのでした。

おじさんは、当時から私を一人前の人間として扱ってくれていました。私の父はおじさんより一つ歳下でしたが、酒もタバコも嗜《たしな》まない堅い人でした。一方おじさんは、お酒もよく飲むし、タバコも手から離さない。子どもながら、そんな姿に人間的な温かさを感じていました。

上野櫻木町の路地の様子については、尾崎さんの作品『ぼうふら横丁』にかなり詳しく描かれています。父の書いたことを、大人側から見ているその文章を紹介します。

そんなふうにして引越したこの横丁には、藍染橋——坂本の大通に近い側に、私方を入れて五軒、反對の公園寄りに、六軒の小さな家が、行儀よく竝んでいた。

この横丁には、子供と、犬が氾濫《はんらん》してゐた。一歩大通りへ出れば、バス、トラック、圓タク、オートバイ、自轉車のたぐひがひつきりなしに通るので、甚だ危險だ。親たちもやかましく云ふし、子供連中も心得てゐる。逆に公園の方へ行けば、廣大な遊び場があつて、彼らは、二本杉原だの、赤土山だのを中心に、はね廻り場にはことを缺かないが、なんと云つても家の前の、通るものと云つては邊りの住人以外は餘り無いこの横丁が、子供たちにとつて一番心置きない遊び場であるに違ひない。


こぢんまりとした路地に、十一軒の家が並び、それぞれに二人から三人の子どもがいるとなれば、それはもう大騒ぎだったでしょう。どの家も似たりよったりの木造日本家屋。尾崎家サイドは二階建てが並び、家の間取りは、一階が六畳、四畳半、二畳で、二階に六畳一間。父の家サイドは平屋で、二畳、三畳、六畳、八畳だったといいます。

尾崎さんは「二階の六畳を占領して仕事場とし、芥川賞になつてから現金にも急にふえた仕事と取組み始めた」わけですから、外で遊ぶ子どもたちの騒々しさにはいささか閉口していたようです。笑い声ばかりでなく、泣きわめきの喧嘩もしょっちゅうで、きっとその中心に父がいたのです。父曰く「僕は濡《ぬ》れ衣《ぎぬ》を着せられやすかった」らしく、自分の正当性を尾崎さんならきっとわかってくれる、とムキになって訴えたこともあったにちがいありません。

子ども同士だけでなく、大人を巻き込んで大喧嘩になることもありました。横丁物のうち、『なめくぢ横丁』や『もぐら横丁』の登場人物は、主に文士たちですが、『ぼうふら横丁』は横丁に住む人々も多く登場します。なかなかのキャラクター揃いだったようですし、尾崎さん一家にとって思い出深い場所でもあったのでしょう。『ぼうふら横丁』は、原稿用紙にして二百六十二枚、短編中心の尾崎さんにしては、五部構成の長尺ものです。なぜ、ぼうふらかといえば、尾崎家と背中合わせの家の小さな池などに夏が来るたびぼうふらがわいて、ぼうふら退治を時々やった、そんなことからの命名でした。

当時の尾崎さんは、芥川賞受賞という栄誉を受けたにも関わらず、苦悩の日々でした。実弟二人を相次いで病で失くし、さらに生まれたばかりの次男も病気で亡くします。悲嘆に押しつぶされそうな状況の中で、しかも「病氣、出産、入院とつづく失費の出所として、氣に入らぬ種類の書き物をしなければならなかった」のです。

『暢氣眼鏡』は尾崎さん一流のユーモアを感じさせる作品です。そして、軽妙な味わいの後に、じわっと苦味の残るところが、名作たる所以《ゆえん》。けれど世間的には、明朗小説、ユーモア小説と受け取られ、その手の作品のオファーが増えた時期でした。

私は苦い顔つきで、人の面白がりさうな文章を綴つた。肚はいかに苦しくても澁くても、文章にそれを現はしてはいけないのだつた。食卓をととのへ、上の子供を學校へ出し、下の子供の相手をし、病院に行つては妻と交代して少しでも妻に睡眠時間を與へ、夜は煙草《たばこ》で舌をザラ〱にして面白い文章を綴る。

「この俺の、この態《ざま》が、どんなユーモア小説よりも面白いと云ふものだ」

（中略）

人前で「なアに、何でもない。痛くない」と虚勢を張る癖はしかし根深いと見え、そんな中でもよく人に逢ひ、酒も飲み、碁の會などと云へば必らず出かけた。フラ〱になつた頭で、もう一番と挑戦したりした。

そして一人になれば、また佛頂面《ぶつちやうづら》に變るのだ。

子どもの父が感じていた尾崎さんの人間的な温かさとは、苦渋に満ちた感情の揺れを酒やタバコで紛《まぎ》らわせて、表面的には何食わぬ顔をしている大人の男、の姿だったかもしれません。
世の中は次第にきな臭くなっていました。尾崎さんが芥川賞を受賞する直前、一九三七年（昭和十二年）七月七日には盧溝橋《ろこうきょう》事件が起き、日中戦争勃発《ぼっぱつ》。一九三九年（昭和十四年）には、ノモンハン事件。日本は太平洋戦争に突き進んでいくのです。反政府的な言論への制裁が厳しさを増し、時の政局を動物の脱走譚《だっそうたん》として発表した短篇『猩々《しょうじょう》』に嫌疑が向けられ、尾崎さんのところにも特高（特別高等警察）の刑事がやってきます。うまくかわしながらも「唯々風波が立たないやうに、と願つてゐるだけの男の書くものさへ、多少にしろ疑惑の目で見られるといふのは、これはただ事ならぬ時世だと思はぬわけにはいかなかつたのである」と回顧しています。

のちに尾崎さんは、その削ぎ落とされた文章について、「戦前の検閲《けんえつ》により鍛えられた」と、一九六九年（昭和四十四年）の三島由紀夫《みしまゆきお》[19]との対談で語っています（『尾崎一雄対話集』より）。尾崎さんの短編小説の技巧について三島は高く評価するのですが、それに対して、「私らの時代はもう短篇修業ばかり。それともう一つは検閲がうるさかったでしょう。だから読者に意のあるところを察せよという、そういう書き方を練習した」と答えています。そして、三島が、「いまの一部の小説に出てくるベッド・シーンを読んでも、こっちは少しも興奮しないな」と文章力の低下を嘆くのに対して、「私が仮に書けば、三島さんは興奮しますよ（笑）」と作家の矜持《きょうじ》を覗《のぞ》かせます。

祖父・林平さんのこと

日常のふとした出来事が記憶を呼び覚まします。少し気取っていうならば、プルースト[20]の『失われた時を求めて』の紅茶に浸したマドレーヌ、のようなものでしょうか（文庫本の第一巻で挫折しましたが）。父の昔話も、ちょっとしたきっかけから始まります。おなじみの話もありますし、えっ、そんなの初めて聞く、という内容もあります。

以前、テレビで『欽ちゃん&香取慎吾の全日本仮装大賞』を父と一緒に観ていた時のこと。影絵パフォーマンスが登場すると、父はじっとそのチームの演技を見つめていて、ふーむと感心した後に「うちのおやじも影絵名人だったんだよ」と、つぶやいたのです。

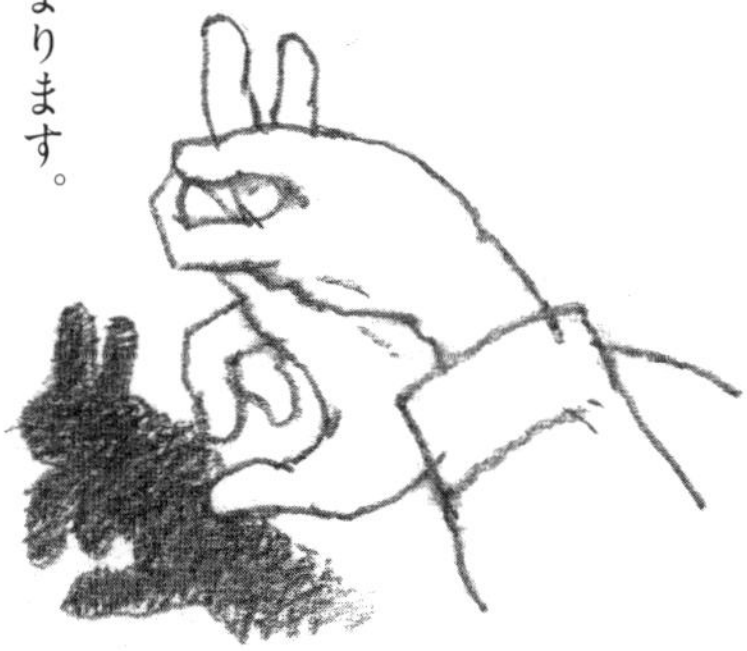

なあに？　影絵名人？

「上野公園を通って家に戻る時、今の国立博物館の前あたりで、おやじが街灯の光を使って、うさぎとか船頭さんとかの形を手と腕でつくって影絵にするんだけど、それがまた上手でね。いつのまにか人だかりができるんだよ」。父が小学生になったばかりのころの記憶です。「時々、夜道で真似してみるけれど、オヤジみたいにはできないんだよね」と笑います。

当時の上野公園には、街頭写真屋がいたそうです。親子連れなど見かけると、ぱしゃぱしゃ写真をとって、住所を聞き出し、写真ができ上がると連絡のハガキが届いて、欲しければ買うというシステムでした。影絵遊びをしている父と子は格好の被写体だったのでしょう。「おやじの腕に飛びついて、ぶら下がって甘えている写真があったねえ」。

その写真も、東京大空襲の猛火が焼き尽くしてしまいました。

街頭写真屋の話は、[21]澁澤龍彦《しぶさわたつひこ》の『私の戦後追想』というエッセイにもありました。父より五つ上の澁澤も、北区の滝野川で子ども時代を過ごした東京っ子。有楽町の日劇前から数寄屋橋にかけて、通行人を待ち構えている街頭写真屋の数はおびただしいものがあり、両親と一緒に数寄屋橋を渡っていると必ず撮影されたことを思い出しているのですが、太平洋戦争が始まってからは禁止されたのではないか、と書いています。

父の父、つまり私の祖父である山下林平さんは、酒もタバコもやらない堅い人で、土木技師でした。私が子どもの頃、父と銀座線に乗る機会があると必ず、「おやじがこの地下鉄のトンネルを掘ったんだよ」と聞かされました。幼稚な頭では、シャベルやツルハシでトンネルを掘るイメージしか浮かばず、大変な仕事をしてたんだなあ、と勝手に思い込んでいました。私は、駅が近づくと一瞬室内灯が消える、かつての銀座線が好きでした。今も往時の面影を残す稲荷町の駅から地上に上がる時、すでに地下から地上の光が見えて、「昔の地下鉄はこんなに浅いところを掘ってたんだなあ」と祖父の仕事に思いが及びます。

祖父について、尾崎さんは作品の中で人物紹介をしています。作品『山下一家』によれば、

主人の山下林平氏はいかにも土木技師らしいがつしりした身體つき、背丈は五尺六寸に體重はまづ十七貫といふところか、年齢は私と似たり寄つたりながら私などよりずつと大人つぽい人物である。

と、祖父も祖母に負けぬ立派な体格だったことがわかります。足も大きく、足袋のサイズは十一文半。祖母の久子さんは尾崎さんに、「あたし、山下へ嫁《き》た當座、毎朝玄關で出勤する主人の靴を揃へるたびに悲しくなりましたわ」と語り、いっそ離縁しようかと思ったこともある、と冗談まじりに愚痴《ぐち》っていたようです。

囲碁は好きだけれど、腕は尾崎さんよりも「五六子も手合が違ふ」へぼ碁でした。「非常に律氣な几帳面な人ですよ。會社から歸つてくると子供の相手をして、晩酌なしの夕食を喰つて、あとは謡ひをうなるか碁會所へ碁を打ちにゆくか」と人柄や暮らしぶりにも触れています。なぜこんなことまで描写されているかといえば、訳あってクビにした部下が林平さんを逆恨みして、あちこちで中傷した挙句、警察にまで持ち込んだため、刑事が尾崎さんのところへ聞き込みにきたのです。尾崎さんは、この珍事を作品に登場させて、その中で、林平さんの人柄を刑事に語るのでした。

林平さんは、伊豆の農家の次男坊で、財産はいらないから学問をさせてほしいと、日本大学工学部機械科に進学します。学生時代は、同郷の柔道家である[22]富田《とみた》常《つね》次郎《じろう》（[23]嘉納《かのう》治《じ》五郎《ごろう》の書生で、嘉納治五郎が創設した講道館の最初の門弟。息子は『姿三四郎』で流行作家となる[24]富田常《とみたつね》雄《お》）の書生として住み込みます。林平さんもまた柔道を得意とする人でした。

卒業後、東京地下鉄道に入社し、土木技師として、一九二七年（昭和二年）開通の銀座線の浅草〜上野間の工事現場に就きます。

「現場には荒っぽい人が多くて、どうしても聞かない人がいるとやりあうこともあり、やむを得ず柔道の技で投げ飛ばしたこともあったらしいよ」とは父の記憶です。そんなことが続いたからか、けがをして退社。

その後、鹿島組（現在の鹿島建設）に再就職します。これはちょっとした縁故入社でした。鹿島組の令嬢でのちに五代目社長となる[25]鹿島卯女《かじまうめ》と祖母の従姉が女学校の同級生で、共に配偶者が外交官という共通項もあって、仲良しだったようです。そんな縁から土木技師を探していると相談があり、身内に適材がいる、と推《お》してくれたのです。

林平さんは、その出自も生き方も尾崎さんとは対照的ですし、仕事の質もまったく違います。本来ならば、出会うことのない職種の人たちが、たまたまお向かいに住むようになって、年齢や家族構成が似ていたことから、親しく付き合うようになったのは、巡り合わせとしか言いようがありません。

　父の母である久子さんは教育熱心な母親でもあったらしく、父の兄、佳伸《よしのぶ》さんには大きな期待を寄せていました。一方の次男である父に対しては放任にも近く、父はそれが不満で、テストの結果が良いと「玄関脇の二畳の部屋に張り出してたなあ」と熱烈アピールしたものの、戦前の次男はいいと悲し。ですが、街歩き好きな林平さんはこれ幸いと、よく父を連れて出かけたそうです。行き先は、浅草六区のあたりが多く、活動（映画）を観たり、今はなきひょうたん池のまわりの見世物小屋を覗いたり、屋台を冷やかしたり。時折実家でソース焼きそばをつくると、父は「ひょうたん池の味だな」と喜びます。そして、ついつい帰りが遅くなれば、久子さんに「この歩きおたまが。どこに行ってたんですか」と呆《あき》れ顔で出迎えられたとか。この、歩きおたま、という表現は、我が家ではよく使うのですが、出どころ不明で、おそらく、西伊豆方面の言葉なのだと思います。ほっつき歩いて帰ってこない人のことを罵《ののし》るのに使われたようです。私は、おたまは猫だと思っていたので、ちょっと可愛げな意味合いで捉《とら》えていましたが、お玉さんという女性だと、父は言います。

　会ったことのない父の家族のことを、私は尾崎さんの作品と父の話とで、ずいぶん詳しくイメージすることができます。直接的な話ではなくても、たとえば『ぼうふら横丁』に登場する当時の上野公園は、尾崎さんらしい目線が息づいています。混雑する東京名所に辟易《へきえき》する尾崎さんは人出のない時間の散歩を好み、上野公園の夜や早朝を印象的に描写しているのですが、ちょっと長いので、ここでは花見時の人だかりに閉口する尾崎さん夫婦の話を。漫談めいた尾崎さんと松枝さんの会話から、二人のウイットと仲睦《なかむつ》まじさが伝わってきます。

こと新らしく云ふのも可笑しいが、上野公園附近は東京名所の一つだから、一年中人出が絶えない。それに、公園や不忍池畔《しのばずちはん》では、時々何か催しがあつて、さういふ時の人出は大變なものだ。

季節的には春が一番賑やかなやうである。

（中略）

花時の、ある日曜の午後、私は二階の廊下に立つて、公園の方角に目を放つてゐた。そこへ、家内が箒とハタキを抱へて上つて來た。掃除をするつもりらしい。

「おい、公園のあたり、もうもうと立ち昇つてるのは、いつたい何だと思ふ？」

「さア何でせう。煙か雲か――」

「あの向うには上野驛が控へてるから、煙も多少はあるだらう。しかしあれは、土ほこりだよ。出盛る人波で、あんなに土ほこりが舞ひ上るんだ。厭になるねえ」

「あゝさうか。道理で判つた、この二階、いくらお掃除してもほこりつぽいの、そのためなのね」

家内は忽ちそれを、掃除の行届かぬ云ひわけに利用してゐる。

「あれだから俺は公園が嫌ひなんだ。折角花が咲いたつて、紅葉したつて、みんなセメントの粉をかぶつたみたいになつてゐる。櫻狩り、紅葉狩りぢやあなくて、あれではほこり狩りだよ。だから俺は――」

云ひかけると、

「公園厭《いや》の如し、ですか」と家内が先廻りした。光陰《くわういん》矢の如し、をもぢつて、私が公園の悪口を云ふ時よく使ふものだから、家内の耳にたこが出來てゐたといふわけだらう。

きっと父は、ほこりや泥にまみれて遊び回り、家に土ぼこりを持ち込んでいた口ですから、花見時のそんなほこりなど気にもならなかったでしょう。

祖母・久子さんのこと

尾崎さんの妻、松枝さんと姉妹のように仲良しだった祖母の久子さんについては、ファミリーヒストリー的に探ってみようと思います。

父が小学生（当時は国民学校）の時、「両親の家系を調べる」という課題があったそうです。個人情報保護が厳しい今だったら炎上必至ですが、戦前とはそういう時代だったのでしょう。それで、父は久子さんと林平さんにいろいろ質問します。久子さんは自分の家系のことはあれこれ話すけれど、林平さんについては話が及ばず、じゃあお父さんは、と尋ねると、林平さんの言葉を待つことなく、「お父さん？　お父さんはね、呑百姓《どんひゃくしょう》」と答えたそうです。どきっとする言葉ですが、当時のことゆえ、お許しください。祖父の林平さんは、寂しそうな顔をしたそうです。それにしても、こともなげにそんな言葉を発する久子さんは、どんな出自《しゅつじ》だったのでしょうか。

実家にはささやかな写真コーナーがあり、そこには、私たち娘の写真と一緒に、祖母の久子さんの写真が飾られています（亡き母の写真は別格扱い）。父の手元に家族の写真が残っていたわけではありません。なにしろ、東京大空襲で家は全焼してしまっているのです。疎開時に持っていた数葉の他は、のちになって、尾崎さんや親類が厚意で譲ってくださったものです。気づいたら、久子さんの写真が額に納められ、写真コーナーに置かれていました。

面長の若い女性はちょっと裄《ゆき》の短いきもの姿で、戦前の雰囲気を醸《かも》し出しています。会ったことのない、今の私よりもずっと若くして亡くなった祖母。一九〇七年（明治四十年）二月十二日生まれ、と戸籍にある生年月日から考えると、三十八歳で亡くなっているのです。

本家に残されていた戸籍謄本《とうほん》やお寺の過去帳、履歴書など、祖母とその両親、つまり私の曽祖父母に関する資料を、父の従弟が二〇〇二年（平成十四年）に送ってくれました。この資料が届いた当時、曽祖父の履歴書に記されたある時期の住所が、引っ越したばかりの我が家の目と鼻の先で、ちょっと驚いた記憶がありますが、それ以上深く探ることなく歳月が過ぎました。今改めて目を通すと、歴史資料としても面白い祖母の家系なので、ちょっとまとめてみます。

祖母は代々伊豆の宇久須村《うぐすむら》で村長を務めてきた浅賀《あさか》家に生まれ、父は浅賀長五郎《あさかちょうごろう》、母はうた（旧姓は小谷《おだに》）。四男五女の末っ子です。長五郎さんは一八五七年（安政四年）生まれ、うたさんは一八七一年（明治四年）生まれ。一八九一年（明治二十四年）、長五郎さん三十三歳のもとに、二十歳のうたさんは、後添えとして嫁ぎ、七人の子どもをもうけました。末っ子の久子さんの出産は、三十六歳の時。兄弟姉妹には前妻の娘や養女もいるし、養子に出された兄もいて、家族のありようが今とはかなり異なることに驚きます。

父の従弟によれば、浅賀長五郎さんは波乱万丈の生涯だったようです。履歴書の文面でふと目に留まったのは、一八八一年（明治十四年）から一八八三年（明治十六年）、「東京本郷区原要義塾ニ於テ漢英數ノ三科ヲ修學ス」の部分。慶應義塾を始めとして、明治以降、身分に関係なく平等に学べる場としてたくさんの私塾ができましたが、この原要義塾には、[26]正岡子規《まさおかしき》が一八八二年（明治十五年）にドイツ語を学ぶために入学しているので、それなりに有名な私塾だったのでしょう。

その後、一八九〇年（明治二十三年）に郵便電信書記補、一八九二年（明治二十五年）宇久須村村長、一八九六年（明治二十九年）賀茂郡会議員と職を遍歴《へんれき》します。郵便電信書記補時代に曽祖母のうたさんと再婚、その翌年に村長になっています。遠い過去のことゆえ、詳しいことを知る人はほとんどいないのですが、資料を送ってくれた父の従弟によれば、「人徳のある慈善家として慕われはしたが、小豆《あずき》相場の失敗で一家離散のような形になった」といいます。こののち、本郷春木町で緑春館なる下宿を営みますが、それもまた失敗して、弓町に転居。一九〇七（明治四十年）生まれの久子さんの出生地は東京市本郷區《ほんごうく》弓町なので、この時期に生まれたことがわかります。

このことについては、岩波書店の創業者である岩波茂雄《いわなみしげお》[27]の伝記に記されています。半年ばかり緑春館に下宿していた岩波茂雄は、長五郎さんの家族と親しく付き合い、弓町の家にもしばしば訪問。この縁で、久子さんの長兄は岩波書店に勤務した時期もあったそうです。長五郎さんは、一九二五年（大正十四年）に逝去しています。

一方、曽祖母のうたさん。三月三日生まれだからでしょう、戒名《かいみょう》に桃の文字があります。私の母もまた、桃の節句に亡くなったので、戒名に桃の文字を入れました。ささやかな符合です。うたさんは、ちょっと謎めいた存在です。一族の中では、宮家の末裔《まつえい》と思われてきました。私もそう聞かされていましたが、送られてきた資料の中にはうたさんの実家である小谷家の系譜もあり、それが正しければ、どうやら宮家説は贋説《がんせつ》で、宮家に仕えていた家でした。

江戸時代、小谷家は小川坊城家（歌会始の講師で知られる）に仕えていたとあります。また、うたさんの祖父にあたる小谷一清さんは、「仁孝、孝明、明治三帝ニ仕ヘ御板元吟味役」。お毒味役でしょうか。栄養学者・児玉定子《こだまさだこ》[28]の『宮廷の食事様式（幕末・明治）――「日本の食事様式」遺補（1）』によれば、天皇皇后の日常の食事を担う料理人が板元で、「板元吟味役三人、板元若干名、板元面掛、板元見習若干名、総称して板元と称す」そうです。板元の家柄は十五軒あり、事実上の世襲で、父子孫三人が出勤できるため、総計ではかなりの人数となり、三班に分かれて出勤する体制でした。また、板元集団は御所内では全く独立した一団だったとあります。

小谷一清さんとその息子の一寧さんは、一八六一年（文久元年）皇女和宮の江戸下向に随行。明治に入ると宮内省式部職に。うたさんは、一寧さんの娘で、兄の一光さんもまた宮内省に出仕していました。うたさんが長五郎さんと結婚した時には、すでに一寧さんは亡くなっていたため、後見人は兄の一光さんでした。婚礼時の謄本にあるうたさんについての記載には、「京都市上京区河原町通荒神口上ル東櫻町士族小谷一光妹入籍ス」とあります。どんな人だったかの情報はそれ以上ありません。ただ、うたさんは士族、長五郎さんは平民だったので、どんな経緯で決まった婚礼だったのか、少々気になります。うたさんは、一九一五年（大正四年）に四十三歳で亡くなっています。祖母の久子さんはまだ八歳でした。

末っ子なのに「おふくろは姉御肌《あねごはだ》でね」と父はいいます。祖母は、戸板女子短期大学の前身である戸板裁縫学校出身。寮生活だったそうですが、友達を引き連れて出かけることが多く、十一歳上の姉であるノブさんが、母親のように世話を焼き、久子さんの部屋を掃除してもいたそうです。松枝さんの入院中に、尾崎家の掃除や洗濯をするほど世話好きで、外出好きの祖父・林平さんを「歩きおたま」と呆れた祖母ですが、学生時代には、祖父に負けず劣らずの「歩きおたま」だったのです。ただ、体はあまり丈夫でなく、軽いリウマチを患っていたそうです。

一九三〇年（昭和五年）、二十三歳の久子さんは、三十歳の林平さんと結婚。馴れ初めはわかりませんが、林平さんが久子さんを気に入り、押して押して押しまくっての結婚だったとか。「僕もお母さんとはそんな感じだったから、二代続けてだね」と父は笑います。結婚当初は下谷住まいで、次男の父が生まれる一九三三年（昭和八年）には、上野櫻木町に転居しています。なぜ上野櫻木町に引っ越したのか、理由はわかりません。ただ、何年か前に父と上野界隈を散歩し、谷中の墓地を通り抜ける時、「小谷家の墓地がここにあって、両親がお墓の手入れをしていたんだけど、空襲で死んで誰も面倒みなくなったから、無縁墓として撤去されてしまったよ」と聞き、だから上野櫻木町を選んだのかな、と思ったものです。

父が久子さんに年中怒られていたことは以前にも書きましたが、父は「怒られると、窓辺で頬杖ついて、叱られて～、なんて悲しげに歌ってみたりしてね」と、ちょっとやそっとではへこたれないお調子者。学校で問題を起こすことも少なくなかったようですが、濡れ衣を着せられやすいわんぱく坊主。時には父の無実を晴らすべく、久子さんは相手の家に怒鳴り込む勢いで、「おたくの子にも悪いところはあったんじゃないですか」と父をしっかり守ってくれる強き母でした。

松枝さんとお揃いの服を着ることが多かったのは、久子さんが裁縫学校出身だったからでしょう。「うちに尾崎のおばさんが来て、二人で縫い物をしていることもあったよ。傷痍《しょうい》軍人のための白衣だったのを覚えてる」。

幼い頃、お寺の縁日や繁華街で金銭を乞うていた傷痍軍人の悲しい姿を目にすることがありましたが、戦時中、傷ついて戦地から戻ってくる人は多く、お国のため名誉の負傷をした人たちの衣類を、家庭の主婦たちが縫っていたのです。松枝さんと久子さんは、お揃いの服や傷痍軍人の白衣を一緒に縫うだけでなく、子どもたちの服を融通《ゆうずう》しあってもいました。お古、お下がりが当たり前の時代ですし、年の近い子どもがいるご近所では積極的にやり取りしていたことでしょう。どんどん物が不足していく戦時中はなおさら、心強い連帯でした。
尾崎さんの作品『続あの日この日』にも、その関係が描かれています。

> 戦争中の市井でよく見られたやうに、私方と山下家とは、女児の衣類（主として洋服、毛糸製品）を交換し合つてゐた。山下家の子供は、両親が揃って大柄なので、皆大きかつた。私方の一枝に小さくなつた服は、山下家の雅子に、結構間に合つた。雅子用の毛糸製品で小さくなつたものは、私方の圭子に廻つてきた。

山下家の人々は、いつも大柄と形容されていて、やれやれです。

上野動物園

母の存命中から、父に少し楽をしてもらおうと、週末の夕飯は妹と私が用意して、その習慣

は今も続いています。私にとっては、父とたわいないおしゃべりをする時間でもあります。基本的に土曜日は妹、日曜日は私です。ある夜、デザートのリンゴを切っていたら、「チンパンジーの餌《えさ》みたいだな」と言われ、ちょっとムッとしました。私のリンゴの切り方は、くるくる皮をむくのではなくて、サクサクと六等分してから、ひとかけらずつするっと皮をむきます。この方が、面がきれいだし、早いからです。どうせ、雑な切り方ですよ、と知らん顔していたのですが、父に悪気があったわけでなく、私のリンゴの切り方から古い記憶が蘇ったようです。

尾崎さんの長女・一枝さんは父の一歳上、長男の鮎雄さんは一歳下で、二人とも幼稚園は三年保育、つまり四歳から六歳までを幼稚園で過ごしています。通っていたのは上野動物園前にあった幼稚園。一枝さんは年長さんで、鮎雄さんは年少さんの時、父は幼稚園に通っていなかったけれど、年長さんの一年だけ寛永寺幼稚園に行くことは決まっていました。

ある日、松枝さんが二人を迎えに行く、というので、父は一緒について行ったのですが、松枝さんの勘違いか、まだお迎えの時間には間がありました。すると松枝さんが、「まアちゃん、動物園に行こう」と父を誘い、動物園で時間つぶしをすることになったのです。「その時に、チンパンジー舎を見ていたんだけど、ちょうどお昼のショーだったのかな、飼育員がリンゴを切ってたんだ。その切り方みたいなんだ。チンパンジーは利口で、自分で小さな椅子とテーブルを運んできて、行儀よく待っててね、飼育員が切ったリンゴやバナナをナイフやフォークを使ったり、手でつかんで食べるんだよ。おばさんと二人で、可愛いねえ、と見とれてたんだ」。

その経験が楽しかったらしく（いや、雨の日はお休みになると知ったからかな、と父）、家に帰るなり、一枝ちゃんや鮎雄ちゃんと同じ幼稚園に行きたい、と願い出たところ、久子さんにひどく叱られたそうです。家から至近の寛永寺幼稚園は、教育熱心な久子さんのお眼鏡にかなった名門幼稚園でしたから。今も寛永寺の境内にあり、感じのいい園舎と遊具が印象的です。

結果的に父は寛永寺幼稚園が気に入って、今も懐かしく思い出します。「寛永寺は夏期学校を開いていて、卒園生が通えるんだよ。夏休みに十日間ぐらいかな。兄貴と一緒に通って、本堂で習字をしたり、般若心経《はんにゃしんぎょう》を唱えたり、説法《せっぽう》を聞いたり、本堂や境内の掃除をしたりね。あの経験がよかったよね。お寺の空間もいいし、感謝する心を自然と学べた気がする」と、わんぱく坊主の〝まアちゃん〟も、お寺の夏期学校ではお行儀よく過ごしたのでした。

父の上野動物園の思い出は、尽きません。「百回は行ったかな」と以前に聞いたことがあって密かに疑っていたのですが、改めて聞くと「せいぜい三十回か四十回かな、でも百回くらい行ったような感覚があるんだ」と笑っています。界隈《かいわい》の子どもたちにとっては、当たり前にある遊び場のひとつ。当時父が通った小学校は現存する台東区立忍岡小学校で、上野櫻木町とは不忍池を挟んだ向こうにあり、二十分くらいかけて登校していましたが、一年生の時の遠足は、なんと目と鼻の先の上野動物園（[29]吉村昭《よしむらあきら》の『東京の下町』によれば、動物園界隈の小学校では一年生の遠足の定番だったようです）。「学校に行くより動物園のほうが近いんだよね（笑）」。

動物園は無料ではありません。だから近所の子どもたちは知恵を働かせて、時にはちゃっかり入り込んでいました。たとえば、大人にくっついて入る、なりすまし作戦。「大人と一緒だと子どもは無料だから、僕が、いつもつるんでいた尾崎さんの鮎雄ちゃんと尾崎さんちのお隣のススムちゃんに指示してさ、一人で入る大人を見つけたら、それっ、と、その後ろにくっついて連れのふりして入ったんだ。あとは、入場券売り場の窓口が高いから、見えないようにかがんで入ったこともあったよ」。

何年か前、父と一緒に上野を散歩した際、昔の動物園入り口のところで体をかがめて実演してくれた父は、一瞬子どもに戻ったみたいに、無邪気で楽しそうでした。「きっと、切符売り場の人はわかってたろうな。子どもだから見逃してくれたと、今になって思うよ」。戦前の、鷹揚《おうよう》だった大人を懐かしみます。

もうひとつ、秘密の入り口から動物園に入り込む潜入作戦。動物園と東京美術学校（今の東京藝術大学）は隣接していて、その境目の柵が踏み潰されていたのです。父曰く、「ライオン口って呼ばれていて、そこから出入りできたんだ。正門は家からだとぐるっと回るから、助かったよ」。当時、美術学校の学生はフリーパスで動物園に入ることができたようですが、ライオン口は、動物園への近道だったことから便利に使う裏口でした。美術学校では秋に美術祭があり（今の藝祭）、近所の人も見物できる機会でした。「美校生がつくる張りぼてが本格的ですごいんだ」と、藝祭名物の藝祭神輿《みこし》は戦前からあり、子ども心に感心していた父ですが、どうもその時に美校生が教えてくれたらしく、その後何度か忍び込んだようです。そういえば以前住んでいた集合住宅に隣接していた小石川植物園も、近所の子どもたちは塀を乗り越えて出入りしていたと、同世代の知人から聞いたことがあります。大人の目を盗んでの小さな冒険、さっといつの時代も変わらない子どもたちの特権です（ところでライオン口は、平成の最初の頃まであったようです）。

遠方から訪ねてきた親戚を上野動物園に案内するのも、父の役目でした。「まだ小学校一年か二年なんだけどね、なぜか僕が連れていく係なんだ。そのあと、上野駅や東京駅まで送って、切符も買ってあげたよ」。父と年の離れた従姉のセツコさんは、そのことを懐かしく覚えていて、父が東京駅の切符売り場で、自分より高い窓口に爪先立って「沼津一枚、準急券も」と大人顔負けに切符を買ってくれたことを一つ話にしていました。また、上野駅公園口で見送る時には、父はセツコさんに切符を買って手渡すと「ホームの一番前で乗ってね」と言い残し、ぐるっと土手の方に走って行って、手を振って電車を見送ってくれたと。忘れがたい、微笑ましい姿だったのでしょう。

ところで、動物園通な父のお気に入りはなんだったのでしょう。

「なにしろ何度も行っているから、わからないなあ」と言いながら、「そうだな、まずは入り口に孔雀《くじゃく》がいてね」と始まります。今日は何羽、羽を広げているか、予想して行くんだ。一羽の時も、何羽も広げている時もある。それから、象。飼育員が象に乗って園内を回るショーは、飼育員が乗りやすいように象が前足を折るんだ。いい信頼関係なんだよ。アシカやオットセイも動きがユーモラスで好きだったなあ。地味だけど、アルマジロも、鎧《よろい》を着たみたいで面白い動物だろ。キリンはね、長太郎と高子が人気だったなぁ。忘れちゃいけない、お猿の山には、家から芋やニンジンを切って持参して、餌やりしてたよ……。

「そういえば、雌の黒豹が脱走する事件があって、とても怖かった」。それは、戦前の東京を震え上がらせた大事件でした。時は一九三六年（昭和十一年）の七月二十五日。父はまだ三歳になる前です。この年は戦前の日本を揺るがす大きな事件が他に二つありました。二月の二・二六事件。陸軍青年将校たちのクーデター未遂事件です。五月には阿部定事件。これは愛人を殺し、局部を切って逃げた猟奇的な事件で、この事件をモデルにした小説や映画は数知れず。誰もが知っているこの二つの事件に並んで、黒豹脱走事件が昭和十一年の三大事件と呼ばれていました。当時の新聞の見出しには「帝都の戦慄《せんりつ》」や「密林のギャング」など、物々しいタイトルが付けられましたが、約十四時間後に東京美術学校あたりの暗渠《あんきょ》で発見され、無事捕獲されました。シャム（現在のタイ）から寄贈されたばかりの黒豹が郷愁のあまり脱走したと、後には哀れを誘う記事も登場しますが、脱走時は、新聞各紙が黒豹を悪魔のごとくに書き立て、ラジオからもニュースが流れ、市井の人々を恐怖のどん底に陥れたのです。

「夜の動物園から聞こえるウォォォっていう遠吠えが、妙に薄気味悪くていやだったよ」

父のひとつ上の作家、小林信彦《こばやしのぶひこ》[30]も子ども時代の記憶を『黒豹昭和十一年』というエッセイで語っています。脱走した黒豹への恐怖から、「自分の家の屋根の上、あるいは軒下に、黒豹が息をひそめている幻想に悩まされ、パニック状態におちいっていた」とのこと。小林信彦は東日本橋育ちで、その辺りにまで恐怖が広がっていたのです。もう少し年長の吉村昭は上野に近い日暮里で少年時代を過ごしていて、「上野公園に近い私の町では、大騒ぎになった。各町会では、家の戸をかたくとざして外へ出てはならぬ、と告げてまわる。雨戸を立てた風の入らぬ家の中で坐ったり立ったりしていたが、今にも戸をやぶってヒョウの黒い体がとびこんでくるような予感におびえていた」と記しています。ならば、隣接する上野櫻木町はどれほどの騒ぎだったことか。

尾崎さんの作品『ぼうふら横丁』には、動物園の夜についての描写があります。尾崎さんが上野櫻木町に引っ越してきたのは、事件の翌年ですが、脱走事件はもちろん知っていたでしょう。「公園厭の如し」と「光陰矢の如し」をもじって、観光客で賑わう上野公園を嫌った尾崎さん、夜の公園には愛着があったようです。

夜の公園には人影がなく、大氣は落ちつき、草や木は自分たちの世界を取り戻して生々と息づいてゐる。動物園からは、ライオン、象、虎、オットセイその他もろもろの鳥獣の叫び聲、鳴き聲があたりの森を搖すぶつて聞こえる。少し大げさに云へば、東京といふ大都會の眞中に、原始を思はせるこんな世界が忽然と現出するのだ。

尾崎さんが描写した猛獣たちは、戦争が激化する一九四三年（昭和十八年）八月の戦時猛獣処分により薬殺または餓死させられてしまいます。空襲により檻《おり》が破壊されて猛獣が脱走する危険を想定しての判断でしたが、そのきっかけが黒豹脱走事件だったと言われています。戦争で動物園の動物が犠牲になった話は、絵本『かわいそうなぞう』で有名です。この本では、空襲が激しくなったからやむを得ず、という描写ですが、その当時、まだ空襲は激化していませんでした。その頃の動物園を記憶している父は、「象、ライオン、虎、熊の猛獣がいなくなった動物園は、山羊やウサギばっかりで、牧場みたいだったよ」。

どうやら戦時猛獣処分は、〝戦争とは生易しいものではない。これらの動物を殺させたのは鬼畜米英である〟というプロパガンダに利用されたようなのです。子どもを含めた一般国民の危機意識を高め、戦意高揚させるため、罪なき動物の命を奪うことでアピールするという発想。動物の殉死慰霊祭《じゅんしいれいさい》が大々的に行われ、一般新聞だけでなく、子ども向けの新聞でも報道されています。尾崎さんの『ぼうふら横丁』が発表されたのは戦後ですが、この動物園の一節を読んで、戦前の猛獣処分を思い出す人もいたことでしょう。尾崎さんの文章には、いつも言外のメッセージがあるのです。

百人一首カルタの思い出

晩年、私の母は、リウマチに加えて白内障が進み、あまり目が見えなくなっていましたが、父がびっしりと百人一首の歌を書き出したA4サイズの紙を、いつもベッドサイドに置いて、時折、顔に寄せるようにして読んでいました。緊急入院した時も、持ってきてほしい、と頼まれました。母の告別式の朝、納棺するものを揃えながら、ふと思い出して、その紙を加えて、好きだった服や身近な品々とともに納めました（葬儀後しばらくして、そのことを知った父に、また書き直さなきゃ、とちょっと恨まれました）。

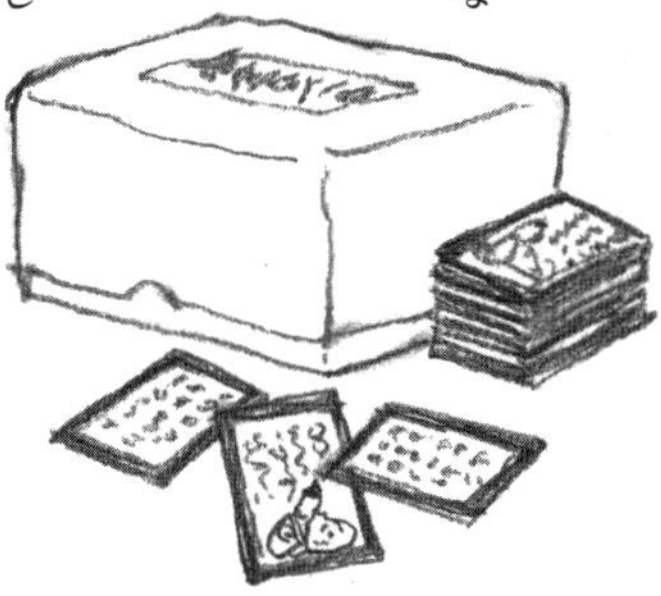

実家には、木箱に納められた百人一首カルタがあります。物心ついた頃から幼くてもできる坊主めくりをしていました。父は今も、母の遺影の前でよく百人一首の歌を詠み上げ、母に解説したりしています。興がのった時は、カルタの札を取り出して詠むこともあります。ある日、父が百人一首の箱を裏返して何か文字を見ていることに気づきました。のぞいてみると、日付が書かれています。時代焼けした桐箱ゆえ、文字は見えづらくなっていますが、昭和二十八年元旦と読めます。購入した年の備忘録でしょう。私が幼い頃どころか、母と結婚する前から父の手元にあったカルタだと、その時初めて知りました。
「上野櫻木町の時代に、お正月になると鮎雄ちゃんと二人で百人一首のカルタが入った箱を抱えて、路地を行ったり来たりしてカルタ仲間を探してたんだ。尾崎さんの家のカルタは木の箱に入っていて、うちのは紙の箱だったたな」

お正月になると、各家で百人一首カルタが盛んに行われていた戦前。札の読み手は外に聞こえるくらいの声で上の句を詠み上げます。それを耳にしたカルタ上手は、道場破りのようにその家に乗り込んで飛び入り参加するという無礼講《ぶれいこう》があったのだそうです。「木戸御免《きどごめん》、って言ったかな。美校生などの書生さんなんだけど、負けると罰《ばつ》ゲームがあるんだ」。

ある書生さんは、罰ゲームに童謡を歌ったそうです。きっと音楽学校の学生だったのでしょう。「雨降りお月さんだったんだ。上手くてねえ。二番は節を変えて歌うんだ。それ以来、童謡に興味が出たなあ」。

余談ですが、当時、東京の商家では地方出身の小僧さんを多く抱えていました。百人一首カルタを覚えることで、教養を身につけ、言葉も覚えることから、商家でもカルタは盛んに行われていたと、父は言います。

実家にあるカルタは、高校を卒業した父が、東京に戻り、働くようになった最初のお正月に、住み込み先の小岩（東京都江戸川区）の本屋さんで買ったものでした。「上京した春に尾崎さんと八年ぶりに再会して、そのお正月にカルタ遊びをするから下曽我にいらっしゃい、と誘ってくれてね。それじゃ少し練習しなければ、と買ったんだ」。

正月三日に尾崎さんの家に行ったとしても（当時のお正月休暇は三が日だけでしたでしょうから）、元旦からの練習ではずいぶんな付け焼き刃で、思わず苦笑いです。よく見ると、購入日の横に、山下昌久私物、と書かれています。「住み込みだったから名前を入れておかないと誰のものかわからなくなるし、自分としては張り込んで買ったものだからね」。

ああ、そうだったのか。父は子どもの頃から憧れだった、念願の木箱入りを頑張って買ったのです。失った家族と、懐かしい日々。若き日の父は、ミッシングピースを埋めるような気持ちで、思い出につながるものを買い求めたのです。

父が書いた『思い出の記　故・尾崎一雄おじさんの一年祭』から引用しましょう。

おじさんは、人の幸運を心の底から喜んでくれる稀有の人でもありました。我が家に慶事があるたびに、人一倍喜んでくれました。その場面場面のおじさんの表情は、いまも忘れることはありません。テレビに出演したとき（注・東京12チャンネル『人に歴史あり』、この件については後述）、この話をしなかったことが悔やまれてなりません。尾崎さん一家との上野櫻木町での出来事は、忘れることのできない懐かしい追憶の数々です。お正月は一緒にカルタ遊びをしました。夏は夜空の星を眺めました。また、東京郊外までハイキングしたり、芋掘りにも行きました。私たち一家が深川の木場に引っ越しするときには、上野の料亭・世界で、おじさんが送別会を開いてくれました。

父の兄、佳伸さんは、天文や昆虫に詳しく、「兄貴とはあまり仲良くなかった」という父も、そこは一目置いていたようです。まだ東京の夜空が数多《あまた》の灯りで白ばむことのなかった時代、年下の子どもたちが夜空を見上げる横で、佳伸さんがあれこれ解説したのでしょう。父が、幼い私と妹を、渋谷の五島プラネタリウムによく連れていってくれたのは、教育的な面ももちろんあったでしょうが、子ども時代に見上げた星空への郷愁があったのかもしれず、今更ながら切ない気持ちになります。

芋掘りは、電車に乗って村山貯水池の方まで。今の多摩湖です。上野から随分遠く感じますが、父の話を聞いていると、電車に乗って遠出することは少なくなかったようです。戦争が激化するにつれ、食料確保は各家庭にとって大きな問題で、芋掘りや栗拾い、潮干狩りは実のある娯楽でした。「おじさんは文壇の付き合いや執筆があるから同行しないよ。うちの家族と一枝ちゃん、鮎雄ちゃん、おばさん、時折、おじさんの弟だったかなあ」。

父の父、林平さんは、農家の出らしくこうした行事では本領発揮、大収穫に子どもも大人も大喜びでした。

そして、父の一家の深川木場への引っ越し。一九四三年（昭和十八年）の春の引っ越しが、父の人生を大きく変えてしまうことなど誰も予想などできず、むしろ喜ばしいことでした。だからこそ、尾崎さんは送別会を開いてくれたのです。佳伸さんの中学合格祝いも兼ねての大盤振舞い。上野の料亭・世界は、当時、丹頂鶴のいる庭で知られていて、今のABABあたり、もう数軒上野駅寄りにありました。父は「きっとおじさんは文壇関係の会合などで、その料亭を使っていたんだろうね」と言います。確かに、『ぼうふら横丁』の中にも、「上野廣小路の『世界』といふ牛肉屋」が、登場します。

父の家族が引っ越しするその経緯を、尾崎さんは作品『山下一家』に書き記しています。

山下一家五人は、深川木場一丁目の新建ての豪勢な家へ越して行つた。職務勉勵、勤儉力行、小さな家に住んで何一つおごりをせず營々と家運の興隆につとめた山下夫妻としては、自ら會心の笑《えみ》を禁じ得なかつたであらう。主人は出張所長となり、俸給は上り、手當は好く、折柄長男佳伸君は優秀な成績で市立二中に入學したのである。山下一家の人々の表情には、内に幸ひを藏した者の自ら發するなごやかな光りがただようてゐるのであつた。近所合壁、衆目の見るところ、山下一家は確かに、今や生活の上昇線を着々と進む前途多幸な人々であつた。

その豪勢と表現された家は、鹿島組の深川出張所々長の社宅で、父はその家の間取りを今でも描くことができます。それまでの平屋から二階屋に。木場の材木商が趣向を凝らし銘木をふんだんに使った家は、「窓がたくさんあって、雨戸を閉めるのが大変だったけれど、それもなんだか嬉しくてね」。立派な防空壕も備えていた家でした。

上野櫻木町と深川で、尾崎さん一家とは距離ができますが、父の母である久子さんと尾崎夫人の松枝さんは姉妹のような仲良しですし、姉御肌の久子さんは、何かと上野櫻木町に出向いて横丁の奥様連と付き合い、また松枝さんも時折深川に訪ねてくることがありました。

父は父で、転校したわけですから、新たな環境に戸惑っていたはずです。それに、上野の忍岡小学校（二年生時に忍岡国民学校に変更）では、初恋の人と上野公園でデートしたばかり（戦前ながら、父は合組《ごうぐみ》という男女混合のクラスでした）。「だから引っ越ししたくなかったなあ」。あらあらお父さん、以前には「深川に引っ越しする話が持ち上がった時、行こう行こうと僕が言ったから、あんなことになっちゃったんだ」と後悔していた気もします。

でもまあ、それが人の記憶というものです。父から聞く昔話は、時折事実誤認もありますが、それでもよくぞここまで覚えているなあと驚かされます。

書生さんの思い出

父の子ども時代の話には、しばしば書生さんが登場します。伊豆の親類縁者から、大学に通う子どもを託されることが多かったようですが、近くの東京美術学校の学生を預かることもあって、さてどんなツテだったのか、もう少し詳しく知りたいところです。美校生らは、父の母や兄をモデルに、油絵や彫刻を制作しています（そんな写真が一葉残っています）。

それにしても、父の家は家族五人と女中さん、それに加えて常に書生さんがいる環境で、しかも結構頻繁《ひんぱん》に親類が上京しては宿泊していました。平屋の二畳、三畳、六畳、八畳だった上野櫻木町のさして広くない家で、どうしてそんなことが可能だったのか。「子どもは女中さんと一緒に寝たりしてたよね」と、布団だからできた生活が、戦前の日本にはあったようで、しかもプライバシーという概念が希薄だったのかもしれません。「部屋中に布団が敷き詰められるから、子どもには楽しい空間だったなあ」。

とはいえ書生さんにとっては他人の家、それもあまり広くないとあっては、家にいることは気詰まりだったことでしょう。次男坊の父を見つけると「まアちゃん、行く？」と誘い、父も待ってましたとばかりに家を飛び出します。「書生さんにとっては、子どもを連れて行くことが、出かけるうまい口実になったんだろうね」。

上野櫻木町からの一番の遠出は神田神保町。書生さんは地図を広げて、「近い近い」と、歩いていくことに。最初に行ったのは小学校一年生か二年生で、さすがに遠くて、「言問通りから善光寺坂、本郷の東大横を抜けて西片のあたりに着くころには音を上げて、ずうっと、あと何分？　ねぇ、あと何分？　って聞き続けてね。家に戻った書生さんが、まアちゃんには参りましたよ、と苦笑いしてたな」。以来、書生さんは、父から「出かけよう」というと、「あと何分？」とからかったそうです。「それでも、もう一回は歩いて行ったかな。子どもの足では、一時間以上かかったと思うよ。そのあとは、一人で電車やバスを乗り継いで出かけるようになった。乗り物は得意だったんだ」。

上野櫻木町から深川に引っ越しても、やはり書生さんを預かっていました。なにしろ父の母である久子さんは、根っからの世話好きで、書生さんたちも母親のように思い、慕っていたそうです。

一九四三年（昭和十八年）の五月中頃、深川に引っ越しすると、父は越境入学で明治国民学校（現在の明治小学校）に転入します。公立ですが、明治初期に儒学者の村松為渓翁《むらまついけいおう》が始めた私塾が前身の、由緒ある公立学校です。が、それまでの学校とは環境がガラリと変わりました。なんと男子校だったのです。「忍岡は、男組、女組、合組と分かれていて、合組は男女混合。僕は合組だったから、男子ばかりは不思議な感じだったな」。

転校生ということで目をつけられもしました。「初めの頃は学校へ行くのが嫌で嫌で」という父は、引っ越しをしてすぐの初夏は外が気持ちよく、夕方、家族で近くの富岡八幡宮にお参りに行くような時も、トボトボと下を向いて歩いていました。「毎日、いじめっ子が僕に自分を背負わせて降りないんだよ」。

が、運が味方してくれました。「相変わらず僕の背中に乗った時、その子のまぶたがピッと切れたんだ」。痛みも出血もあまりなく、校医も首をかしげ、誰ともなく「かまいたちだ」ということになり、父に畏《おそ》れを抱くようになったと言います。かまいたちとは妖怪のこと。人知れず傷つけると信じられていました。『ゲゲゲの鬼太郎』にも登場しますね。

また、違う子は、父が文鎮《ぶんちん》にできるかなあと筆箱に入れていた天保通宝《てんぽうつうほう》に目をつけ、「くれよ」と持っていってしまいました。でもそれは、父が通りにこぼれていたものをたまたま見つけたもの。「もっとないのか」と催促されたので、また拾って持っていったら、僕も僕も、と皆が欲しがり、父にとっては拾ったものなので「いいよ」と惜しみなく渡しました。それがクラス中に広がりました。「落ちている古銭を追って行ったら、粗い葦簀《よしず》が巡らされたような物置があってね、そこにはお寺の鐘楼《しょうろう》や鞘《さや》の錆びたサーベルの束なども積まれていた。お賽銭《さいせん》なのかなと思ったよ」。おそらくそれは、金属類回収令の供出品だったのでしょう。薬莢《やっきょう》などもあったそうです。あの時代、政府は国民からたくさんの金属を集めていました。久子さんは、宝石類も供出していたようです。

かまいたちと古銭のおかげで、転校生の父はたちまち一目置かれました。二学期に入った時、級長選があり、父はなんといじめっ子を推薦します。そりゃ面白い、と当選してしまい、父も副級長になってしまいました。制服に縫い付けた「副」と書かれた白い布が、なんだか誇らしかった父でした。そんなこともあって、新しい学校に行く憂《ゆう》うつも解消されたようです。

当時の上野櫻木町と深川では、生徒たちの家庭環境がかなり違いました。父が越境入学をしたのは、府立三中（現在の都立両国高校）を目指すためで、当時の明治国民学校は府立三中進学で有名な学校だったのです。父は、進学塾に入って勉強したそうです。塾には違うクラスの材木商の子どもたちが通っていました。戦争の最中でも、子どもたちは未来を目指していたのです。

「材木商の家の子は、立派な家に住んでいてね。世界が違ってたなあ。びっくりしたよ。僕に、顕微鏡をあげるよ、とくれた子がいて、その子は大きな古美術商の子だった」。そんな中で、父が最初に仲良くなったのは、洲崎遊郭《すさきゆうかく》の家の子でした。洲崎というと、戦後の洲崎パラダイスのイメージが強いのですが、実は、明治時代に根津遊郭が移転して生まれた下町の遊郭。帝国大学校舎を新築するために、風紀上の理由で立ち退かせたとか、学生が入り浸って問題になったとか、そんな理由だったようです。最盛期は大正末期で、吉原に匹敵《ひってき》する賑《にぎ》わいでしたが、ここも空襲で焼け野原に。洲崎パラダイスは、その跡地にできた歓楽街でした。

父の記憶が蘇ったのは、私が岐阜県の多治見市にある、モザイクタイルミュージアムに行った話をしたことがきっかけでした。「昔の遊郭は、みんなタイル張りだったなあ。柱も床も、みんな綺麗なタイルが貼られていたよ」。どうして父が昔の遊郭を知っているのか不思議に思って尋ねると、深川時代の友だちの話になったのです。「おとなしい子でね、僕と一緒で越境入学、他の子たちとあまり馴染《なじ》んでなかったけど、転校生の僕なら話しかけやすかったのかな」。

その子は洲崎弁天町から都電に乗って、二つ目の木場二丁目で降りると、父の家の木戸前で「ぼおや」と父を呼んで、一緒に学校へ行きました。ぼおや、とは、きっと自分が遊郭のお姉さんたちにそう呼ばれてたから、同じように呼びかけたのだろうと、父は推測します。

放課後、父はその子の家によく遊びに行きました。二人は近くの浜でハゼ釣りをしたそうです。周辺は軍の立ち入り禁止地域だったため、よく釣れました。帰りに寄るその家は、二階建てか三階建てか、とにかく立派な建物で、広い廊下に囲まれた中庭がある、洲崎でも有数の料亭でした。当時の遊郭は料亭もあり、家族連れで食事や宴会をするような用途にも使われたようです。

「ランドセルはかならず背負っていくんだ」。なぜなら、帰り際、きれいなお姉さんたちが、ランドセルにお菓子を詰め込んでくれるからです。「ハーシーズのチョコレートや、ナツメヤシの甘いお菓子、外国の珍しいお菓子が色々あったのは、お客の船乗りさんが持ってきたもので、それがこっちに回ってきたわけだ」。民間船の船員たちは、国の徴用で東南アジアに武器や備品を送る任務を帯び、帰りにはあれこれまた持ち帰って商売をしたのだそうです。

「きっとみんなモテたいから、お土産をせっせと女性たちに貢いだんだろうなあ」。

戦時中の統制下、そうした舶来品の売買は厳しく取り締まられていて、洲崎橋のたもとには交番があり、荷物チェックがありました。お姉さんたちはそれを知っていて、チェックされても取り上げられないように、うまくお菓子を詰めてくれたそうです。「子どもがまさか、って思ったのか、一度も足止めされたことなかったよ。別に売ったりしたわけではないけどね」。

父がランドセルにお菓子を詰めて家に帰ると、家にいた書生さんが〝待ってました〟とばかりに寄ってきます。そして、「まアちゃんは、その年で女郎買いか。いいなあ」とからかわれたそうです。女郎が何かを知らない父にはジョーロウとしか聞こえず、「ジョーロなんてどこにも売ってなかったよ、て答えたよ」。

そんなふうに、書生さんの存在は、父にとってオマセな情報源でもありました。ある書生さんに教えてもらい、神保町の三省堂で、教師用の教科書を全科目、親には内緒でお小遣いを工面して買ったそうです。きっと、効率よく勉強できるという入れ知恵でしょう。書道くらいはいいだろうと学校に持っていったら、先生がふと目を留めて「これは僕のか?」と尋ねたので、悪びれることなく「いいえ、僕のです」と答えたといいます。先生は、久子さんに「参りましたよ」と、これまた苦笑いの種でした。

私が子どもの頃、父からよく聞かされていたのは、いい半紙を使うと習字も上手に書ける、と教えられ、わざわざ日本橋の榛原《はいばら》[31]まで買いに出かけた話。東京の東の端っこで育った私にとっては、日本橋は大都会ですから、小学生が一人で、しかも老舗に、なんて想像もつかず、どんな小学生だったんだと、呆れていました。でも、深川からバスや都電を利用すれば、そう遠くはなかったのです。

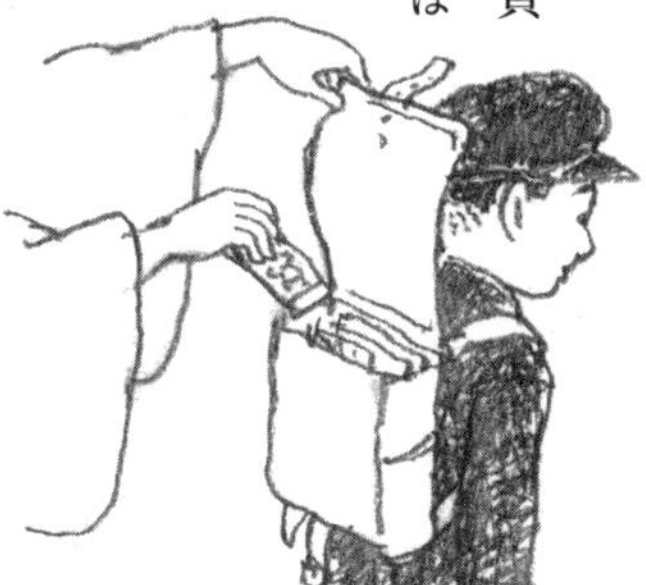

学童疎開

一九四二年（昭和十七年）四月十八日、ドゥリットル指揮の米陸軍機十六機、東京、名古屋、神戸などを初空襲。米軍の攻撃は国内に及び始めます。そして一九四四年（昭和十九年）になると、子どもたちを疎開させる話が現実味を帯びてきます。尾崎さんの作品『運といふ言葉』には、当時の学童疎開について触れた一節があります。

（前略）昭和十九年春頃から、東京では、學童疎開といふことがやかましく云はれた。私方では、長女の一枝が小學六年生、長男の鮎雄が四年生だつた。山下家では、長男佳伸《よしのぶ》が中學一年生、長女雅子《のりこ》が就學一年前で、學童疎開に該當するのは、小學五年生の二男の昌久君一人だつた。

田舍に縁故がある者はその田舍へ、それの無い者は、教師が附添つて集團的に安全な地方へ疎開する、といふのであつた。私方では、郷里下曾我に小さいながら自宅があつて、老母が一人これを守つてゐる。當然、ここへ子供たちを送ることになつたが、老母の手にいたづら盛りの子供二人は任せられぬ、そこで、思い切つて、一家を擧げて、東京を去ることにした。

山下家では、昌久君を、出身地伊豆の奥地の縁者に預けることになつた。

「かうして、集團疎開だの縁故疎開だのと云つて、子供を安全なところへやるのはいいけど、萬一東京に殘つた兩親がやられちやつたら、どうなるんでせうね」

「ほんとに、どうするつもりでせう。おかみであとのこと引受けてくれるんでせうか」

父は最初、小学校の集団疎開で福島に行く予定でしたが、腸チフス（家のそばの水路で泳いだのが原因とか）で入院したため、秋になって縁故疎開をすることになりました。明治小学校のウェブサイトの学校概要には、「19.8.21 新潟県岩船郡上村、瀬波町、祥納町（注・和納町の間違いか？）、女川村へ学童疎開をした。20.3.10 大空襲により区内の大部分は消失したが、幸いに本校は難を免れ避難者の収容と救護の拠点となった。21.3.14 集団疎開児童全部が復帰した」とあります。福島ですから、父は女川村《おながわむら》に行く予定だったのでしょうか。そっけない年表表記ですが、恐ろしい状況を物語っています。

のちに父が知り合いの女性から聞いた話だと、深川界隈で明治国民学校に逃げ込んだ人は皆助かったそうで、当時、就学前だったその人も、家族も、それで命を取り留めたそうです。一方、一年後に戻ってきた子どもたちの中には、家も家族も失った子が多くいました。親たちの危惧《きぐ》は現実のものとなったのです。

父の一家が深川に引っ越しした頃から戦局が悪化、様々な統制とともに、学童疎開も始まり、慌ただしかった時期、尾崎さんの身辺では、尾崎さんの作家人生における一大事が起きていました。尾崎さんは、そのあたりのことについて、様々な作品で触れているのですが、ここでは『末っ子物語』から引用してみます。

昭和十九年、夏から秋に移らうとする頃、大きな不幸が多木一家を襲つた。ここ　、二年來、とかく不健康がちだつた多木が、つひに病に倒れたのである。

そのころ太平洋戦争はいよいよ終末の兆を見せ始め、國内は騒然たる様相に陥つてゐた。テニアン、サイパンの兩島はすでにアメリカ軍の手に落ち、日本軍は敵を水際にむかへ撃つ、と稱して、竹やり訓練を国民に強ひ始めた。

前にも触れた学童疎開に関して、尾崎さん一家は、見知らぬ土地への集団疎開よりも、郷里の下曽我で一人暮らす母親の元に身を寄せようと決めます。小学生の一枝さんと鮎雄さんだけでは老母の手に余るからと、尾崎さんの妻である松枝さんが、上野櫻木町の家（尾崎さんと次女の圭子さんが暮らしている）と下曽我を頻繁《ひんぱん》に行き来することになるのです。

その翌る朝、早く目覺めた多木が、煙草に火をつけ、ひといき深く吸ふと共に、急に胸苦しさを覺えた。腦貧血かな、と目をつぶり、心もち頭を下げたとき、重苦しいものが、胸の奥から逆流してきた。

とつさに口を押へ、濡縁から身をのり出し、その重苦しいものを、地面に吐き出した。

濃いい血だった。（中略）
「お父ちゃん、痛いの？　どこ痛いの？　さすつてあげようか？」
言ひながら、背中に手をかけるのだつた。多木は、急いで手をのばし、縁外の土に赤くひろがつた血に、砂をかけた。こんなものをこの兒に見せてはいけない――咄嗟にさう考へたのだつた。

尾崎さんは命に関わる重篤《じゅうとく》な胃潰瘍《いかいよう》でした。こんな状態で幼い娘と二人暮らすことはとても無理で、七年もの長きにわたって（尾崎さんとしては珍しいことでした）暮らした上野櫻木町から、故郷の下曽我に移住することを余儀なくされます。戦時という非常事態を凌駕《りょうが》するほどの深刻な状況に、尾崎さん一家は陥ることになるのです。

ところで、戦時中の文壇とはどんな雰囲気だったのでしょう。その一端を、尾崎さんの作品『あの日この日』より引用します。

対米英開戦を控へた十六年秋、多くのジャーナリスト、文士、画家などが報道班員として徴用された。その時分のことは、経験者も多いので、豊富な資料が残されて居り、彼らが軍からどんな扱ひを受けていたかはよく知られてゐる。徴用の「徴」の下に「心」がついてゐた、と皆は苦々しく言つた。

私は最後まで、陸軍から口がかからなかつた。若し徴用されてゐたら、十七年頃から健康が崩れ出した私は、外地で死んでゐたに違ひない。

丹羽文雄は海軍の方へ行き、珊瑚海海戦に遭遇、負傷したが、陸軍へ行くよりどれほどマシだつたか知れない。

丹羽文雄《にわふみお》[32]は、近年では、娘さんが介護について書いた『父・丹羽文雄 介護の日々』で話題になりましたが、昭和を代表する作家の一人です。早稲田大学第一高等学院時代に尾崎さんと出会い、尾崎さんから志賀直哉の作品を教わり、文学の上で多大な感化を受け、作家の道を歩み始めました。尾崎さんとは、生涯にわたっての無二の親友であり、尾崎さんの長男・鮎雄さんの名前は、丹羽文雄の処女作『鮎』から取ったほどです。

尾崎さんの葬儀では、葬儀委員長として式を差配していました。戦時中は、丹羽文雄だけでなく、多くの作家が戦地に赴き、場合によっては徴兵もされました。実は、尾崎さんや丹羽文雄は海軍とつながりがあり、こちらは高待遇だったようですが、陸軍に徴用された高見順《たかみじゅん》[33]などは、軍属扱いされて、ひどい経験をしたようです。

尾崎さんは一九四一年（昭和十六年）の一月に、海軍省派遣文芸慰問団として大阪商船「さんとす丸」で、約四十日を費やして台湾や中国を視察、慰問しています。メンバーは十人で、女性が中心、円地文子《えんちふみこ》[34]の名前もあります。修学旅行で船酔いして以来、大の船嫌いだった尾崎さんが一大決心しての志願でしたが、

> （前略）台湾の基隆、台北。大陸の厦門、汕頭に上陸。バイヤス湾沖を経て広東湾に入り、珠江を遡つて黄埔。さらに広東（広州）ならびにその周辺を見てから海南島に渡り、北部の海口、瓊《けい》山から南部の三亜、崖県その他を廻り、奥地保亭の最前線も見る。三亜に戻つて待機するうち、仏印行の駄目になる事態が起つて、帰国することになつた。

という外地巡りで切実に感じたことは、「日本も大変なことに首をつつ込んでしまつたものだ」であり、「うまく潮時をつかんで、なるべく早くことを納めなければ駄目だ」とも思いながら、言葉に表すことができるはずもない時代でした。この経験以来、尾崎さんの胸中には、戦争へ

の大きな危機感が鉛のように重く沈んだようです。

　一方、父は集団疎開に遅れること約五カ月、十月初旬に、父の母・久子さんの親友の家に、縁故疎開することになります。親友の息子を書生さんとして二年預かった縁でした。新学期が始まると、クラスには残留組の子どもたちがいたこともあり、「いやだったら行かなくてもいいんだよ」と久子さんは父に言ったそうです。母親としては心配でならなかったのでしょう。「でもお調子乗りの僕は、行くよ行くよ、って遠足気分だった」。行き先は、西伊豆の宇久須村。久子さんと妹の雅子さんが同行し、二、三日滞在して東京に戻っていきました。


　父が宇久須村に疎開してまず驚いたのが、老いも若きも男女の仲が良いことでした。短い間ではありますが、男子校に通っていたため、よけいそう思えたのかもしれませんが、それにしても独特の空気があったようです。

　父のところに女の子が四人やってきて、唐突に「タカとクノイチ、どっちがいい？」と尋ねたそうです。父は「なんだかよくわからなかったので、クノイチの方がカッコいいかなあと、じゃあ、クノイチって答えたら、それが僕の呼び名になったんだよね」。クノイチとはくノ一、つまり女（私はすぐさま[35]山田風太郎《やまだふうたろう》の『くノ一忍法帖』を思い出しました）。何かの符丁《ふちょう》か流行りだったのでしょうか。別の日には、女の子たちが歓迎会をしてくれて、次々と踊りを見せてくれたのだそうです。このあたりのことを、父はあまり詳しく語りません。「島嶼《とうしょ》や半島の歴史がわからないと理解できないんだよ」と言います。それは、民俗学者の折口信夫《おりぐちしのぶ》[36]によるところのマレビト文化だと想像します。女の子たちが父を歓迎した会は、思うに、村の女たちがよそからの珍客をもてなす、その予行練習みたいなものだったのでしょう。

年が明けた頃、父の父・林平さんが宇久須村を訪ねてきました。仕事がてら、父の様子を見にきたのです。伊豆は江戸時代には天領でしたが、それは金が採れたからでした。金の鉱脈があるところには他の鉱物の鉱脈もあります。当時の宇久須村では明礬石《みょうばんせき》が採掘されていました。すでに日本は敗退を重ねて占領地をどんどん失っていました。そのため輸入原料に頼れなくなり、政府は原材料を国内調達するようになります。明礬石はアルミの原料で、一九四五年（昭和二十年）、つまり終戦の年の初めに、軍需省航空兵器総局伊豆明礬石開発本部が置かれます。住友や古河などの財閥がそこに関わり、鹿島組も鉱山の土木整備を受け持ちます。林平さんは、現場の進捗状況を視察しにやってきたのでしょう。家族的な会社だったゆえ、息子の様子も見てきたら、と、誰かが気を利かせてくれたようにも思えます。

久子さんも林平さんも、きちんとした親でしたから、疎開先にはそれなりに包んで渡していたことと思います。だから父も、新しい環境に目を丸くしながらも、肩身の狭い思いをせずに日々を過ごしていました。母と妹が見送ってくれて、三カ月後には父親が様子を見にくる。疎開児童としては、恵まれた環境でした。でもそんな状況が長く続くことはありませんでした。

まだ春浅い三月九日、父は学校の帰り道、田んぼに立つ枯れ木にカラスが鈴なりになって止まり、カアカアとしきりに鳴いているのを見つけ、「うるさいぞ、カラス」と石を投げました。「だけど、逃げないんだ。嫌な予感がしたよ」。

その日の夜中、東京下町一帯は空襲により火の海となったのです。

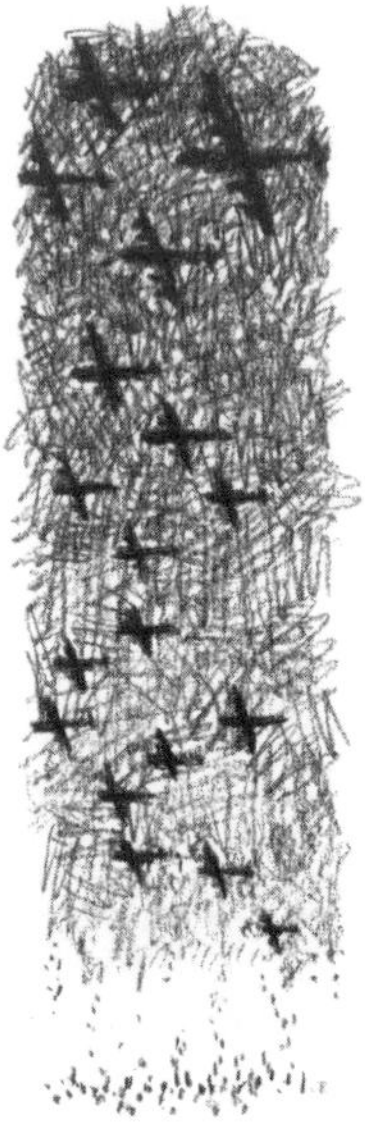

東京大空襲

人の運命というものは、あみだくじみたいなものでしょうか。この世に生まれるところから始まり、折々の岐路で選択しているような気でいますが、あらかじめ決まった道を我知らず進んでいるのかもしれません。東京大空襲の日、学童疎開していた父一人が生き延びたことを思う時、そんな想いにとらわれます。父が生き延びなかったら、母との結婚はもちろんなく、私も存在していませんでした。家族皆が助かったとしても、やはりその先の未来は違っていたでしょう。この世に、もしもの世界は、あるのか、ないのか。

東京大空襲の前日、尾崎さんの妻、松枝さんは東京に出てきていました。深川に引っ越しした父の実家に寄るつもりでいたのですが、下曽我の家族が心配で、寄らずに帰ることにしました。もし、寄っていたらと思うとぞっとします。どのような経緯だったかを『続あの日この日』から引用します。

松枝は予定通り、三月八日に上京した。その日いつぱいかかつて、山原宅の荷からげをした。鶴の茶の弟子二人、女中、松枝の四人がかりで、荷をつくつたが、軽井沢の湯浅別荘へ送る方は少ない。大部分は、東京郊外に住むYといふ弟子の家へ疎開させる荷物だつた。

九日は、「余り早く行つても相手は出社してゐないよ」といふ私の注意を守り適当な時刻に都内の某社へ行つて用を果たし、山原宅で用意した昼食代りの何かを食べ、さてどうしようかと考へ始めたのである。上野桜木町から深川の木場へ越した山下林平一家を訪ねようかどうしようかと迷ひ始めたのだ。

さんざ迷つた揚句、深川行きをやめて帰つて来た。

（中略）木場のあの家へ行けば、久しぶりのことで話が弾むだらう、聞きたいこと、話したいことがいつぱいあつて、時の経つのを忘れるだらう。引留められて一泊することになるかも知れない。それはしかし、いけない。老母、病夫、三人の子供を置いて、危ない東京に二泊するてはない。泊まらぬまでも、帰りが遅くなるのは判つてゐる。自分にとつて小さな息抜きとはならうが、それが結果として負担になるのではつまらない。

山原とは、松枝さんの異母姉の山原鶴《やまはらたづ》[37]のことで、田村俊子《たむらとしこ》[38]や湯浅芳子《ゆあさよしこ》[39]という個性豊かな文学者を支えた友人として知られ、日本女子大の寮監を勤めた後、茶道教授として弟子をとっていました。彼女の茶室だった松寿庵は、北鎌倉の東慶寺に移築されて現存しています。この姉の疎開の手伝いと、尾崎さんになり代わって出版社に原稿を届け、原稿料を受け取るのが松江さんの上京の目的でした。重篤な胃潰瘍で病の床にある尾崎さんでしたが、なんとか原稿を書くことで生計を立てなければならず、出版社の編集者とは、原稿と引き換えに稿料を受け取る約束になっていました。

前にも書きましたが、尾崎家と父の家族は、子どもたちの服のやり取りをしていました。特に女児物が頻繁で、尾崎さんの長女である一枝さんのものが、父の妹である雅子さんのところへ行き、これが小さくなったら、尾崎さんの次女の圭子さんに戻る、という具合です。これが、深川と下曽我とに離れてしまったのちも続いていて、松枝さんは、小学校入学間近の雅子さんのために渡したい衣料があって、それも深川を訪問したいと思った理由のひとつでした。

松枝があのとき山下一家と運命を共にしてゐたら、私共一家は確実に破滅してゐただらう。松枝抜きで私の療養生活が成り立つ筈はないのだ。

アメリカ空軍のＢ29約百五十機が、三月九日から十日にかけて、東京を夜間爆撃します。本所、深川、下谷、浅草、城東など、下町の各地に焼夷弾《しょういだん》約二十万個を落として焼き尽くし、約十万人の犠牲者を出します。父の家族は、社宅に備え付けられていた防空壕に避難しましたが、その上に家が焼けくずれて全員が窒息死してしまいました。茶箪笥《ちゃだんす》やちゃぶ台も置かれた広い防空壕で、これがあれば大丈夫と思っていたのに、九日夕暮れから吹き荒れ始めた北風が爆撃をさらに悲劇的にしたのです。父は、両親と兄、妹、つまり家族全員を失ってしまうのでした。

後日談があります。戦後、高校を卒業して東京で働くようになった父は、何か思い悩むことでもあったのか、実家があった深川の木場を訪ねたそうです。戦後、鹿島組は鹿島建設と社名変更し、焼けた深川の社屋も再建して営業していましたが、向かい側の、社宅があった場所は資材置き場になっていました。そこをただぼうっと眺めていたら、「山下さんの息子さんだね」と声を掛ける人がありました。その人は、鹿島組の職方さんで、上野櫻木町時代から、父の父・林平さんと一緒にバスで深川の鹿島組まで通勤していたといいます。きっと、父に祖父の面影を見たのでしょう。「その人は、空襲の日におやじと一緒だったんだ。鹿島組の建物の消火にあたっていて、なんとか火がおさまったと思って向かいにある自宅を振り返ったら、燃えてたんだそうだ」。かなりの火勢で、「行かないほうがいい、もう無理だ」と皆が止めるのを振り切って、林平さんは燃え盛る家に向かって駆けていったそうです。それが最期の姿となりました。父はその後何十年も、自分を残して火の中に飛び込んだ林平さんの最期がわだかまり、何度も何度もその話を思い出し、夢にも見て、咀嚼《そしゃく》してきました。だから、当初の気持ちをはっきりと記憶しているわけではないのですが、「でも恨む気持ちはなかったな」と、それだけは間違いない感情でした。「僕なら一人残っても大丈夫と思ったんだろうなあ」、「おやじと二人残されても、それはそれで困ったよね」など、時折父の思いを聞くことがありましたが、そこには父の強がりも感じられました。この話は、尾崎さんにもしていなかったなあと父は言います。

父が母の介護をしていた時期、私は高田郁《たかだかおる》[40]の『みをつくし料理帖』シリーズを父と回読していました。孤児である主人公の澪《みお》が頑張る物語を父は気に入って読んでいました。介護の合間の息抜きにもなったようです。第七弾で、吉原の大火から澪の親友であるあさひ太夫を、自らの命を投げ打って助ける又次という吉原遊廓の料理番の話が描かれているのですが、それを読んだ父は、「火の中に走っていったおやじの気持ちがすうっと理解できたよ」と言っていたことを、私は忘れられません。七、八年前のことでしょうか。太夫を影で支えてきた男の、命がけの愛に、父親の姿が重なったのでしょう。「おやじはおふくろに惚《ほ》れ抜いてたからね」と最近はそんなふうに言って、父は笑います。

家が焼けくずれた下に防空壕があったため、父の家族の発見には少し時間がかかりました。父への連絡も、東京大空襲から何日か後でした。父は、胸騒ぎはしたものの、家族の消息を知らずにいました。

その数日後、小学校の教室に入ると、クラス中の同級生が、青ざめた顔で父を見つめました。特定郵便局の子がいて、父より先に電報を見て、皆に伝えてしまったのです。

ヤマシタイツカ ゼンメツス

状況がわからず、呆然としている父を担任の先生が職員室に連れていきます。学校にも知らせが入ったのです。子どもたちがタツヒコ先生と呼んで慕っていた担任の先生は父を椅子に座らせ、しばらく無言の後、両手を父の肩に静かに置き、「家に帰りなさい」と、ただそれだけ告げました。その瞬間、父は事態を理解したといいます。

疎開していた家に戻る途中、父は従姉のセツコさん、オキョウちゃんと出会います。父を迎えにきたのです。「まアちゃん、大変なことに」と涙ぐみ、そのあとの言葉が続きません。誰もが父に向けて〝死〟という言葉を使わぬよう、慎重に言葉を選んでいました。

戦争孤児

東京大空襲で家族全員が亡くなった報《しらせ》を受けた父は、学校から戻るや大わらわとなり、とにもかくにも東京へと、鹿島組が手配してくれたハイヤーで、最寄りの修善寺《しゅぜんじ》駅へ向かいます。「思えば僕は、所長のお坊ちゃん扱いされてたんだねえ」と父は苦笑いします。父が疎開していた西伊豆の宇久須村は、父の母である久子さんのふるさとで、兄弟姉妹は多かったものの、宇久須村に残っている人は少なく、しかも本家の一家は外務省勤務で日本を離れていました。そんな中、父に伴ってくれたのは、養子に出されていた伯父のヨシユキさんと、久子さんと年の近い姪、カツコさんでした。

カツコさんは、結婚して東京の練馬の方で暮らしていましたが、疎開の準備のため、東京と宇久須村を行き来していました。久子さんと仲が良かったこともあり、途中まで同行してくれることになりました。
宇久須村から修善寺駅まで行くには、一度、土肥《とい》という町に出て、それから船原峠（土肥峠ともいう）を越える国道一三六号線で向かいます。最寄りの駅とはいっても、自動車で一時間以上かかります。普段は木炭バスで行く道でしたが、ハイヤーはガソリン車で、「速かったなあ」と父は回想します。途中、峠の木々の間から差し込んだまばゆい日差し、その景色が、父の記憶に焼きついています。

修善寺駅から三島駅へ、駿豆《すんず》鉄道で向かいますが、三島駅では東京行きの切符を手にいれることができませんでした。「宇久須の人は、困った時は沼津にいる弁護士の佐藤さんに頼む、という習慣があってね。佐藤さんの奥さんは、カッちゃんの妹のオフジちゃん。切符が手に入りにくいご時世だったから、きっとカッちゃんは、それを見越してついてきてくれたんだね」。三島から沼津の一駅を在来線で移動し、ひとまず沼津に行って佐藤さんを頼ったそうです。「カッちゃんは、その年の正月に、僕を深川に一時帰宅させる約束になってたはずなのに、何かの事情で一人で帰っちゃって、僕は残念で、ちょっと恨んでたんだ。でも、この時は、ありがたかったなあ」。

久子さんがカツコさんをカッちゃんと呼んでいたのでしょう。父は、カッちゃん、と懐かしくその名前を口にします。カッちゃん、オフジちゃん、オキョウちゃん（学校で知らせを聞いて、家に戻る途中に会った従姉の一人）、は久子さんと年の近い姪で、久子さんは三姉妹の誰とも仲良しでした。オキョウちゃんは、尾崎さんの後輩で作家志望の斎木さんのもとへ、尾崎夫妻の仲人で嫁ぎ、父たちが引っ越した後の上野櫻木町の家で新婚時代を過ごしていましたが、斎木さんが出征し、生まれたばかりの子どもと共に宇久須村に疎開していました。

佐藤さんの計らいで、無事切符を調達できた父とヨシユキさんは、沼津から東海道線に乗って東京に向かうことになります。駅に入ってきた列車は、割れた窓ガラスに板が打ち付けられている満身創痍《まんしんそうい》の姿でした。ぎゅうぎゅう詰めの車両には疎開先から東京に戻る人、家族や親戚の安否を心配して上京する人、買い出しから戻る人など、様々な事情を抱えた人が乗車していました。

二人の目的地は、久子さんの十一歳年上の姉で母のような存在だったノブさんの家族が暮らす、千葉県の市川市で、ノブさん宅に一泊した後、深川に行くことになっていたといいます。どうやって連絡を取り合ったのか、おそらく鹿島組の人が、手を尽くしてくれたのではと推測します。というのも、百を超える東京の営業所の中で、空襲により死亡したのは父の家族だけだったのです。

ヨシユキさんと二人になって、父はちょっと不機嫌でした。「ヨシユキさんは、養子先で炭焼きをしていて、顔も手も、煤《すす》で黒くてさ、子どもって残酷だから、いつも陰で伯父さんをバカにしていたんだ」。でも、ふと思い出します。「おふくろが、〝おじさんは算数が得意で、頭のいい人なんだよ〟とかばってた」。ヨシユキさんとしては、慣れない遠出で、しかも家族を亡くした甥っ子と一緒。この子とどう向き合うべきか困ったことでしょう。そんな時、ヨシユキさんは得意な算数を思い出し、流水算や植木算、つるかめ算など文章題を父に出して、気を紛らわせてくれたといいます。「そういう時でも子どもなんだね、クイズみたいで楽しかったんだ」。

すし詰めの車内、赤ん坊は荷棚に乗せられ、弱々しくぐずっています。誰もがボロボロの姿。「列車は途中で何度も止まるんだ。しかも、茅ヶ崎あたりで空襲警報のサイレンが鳴って、列車から降りるようにとアナウンスがあったんだ。入り口や窓に近いところの人が次々降りて、線路脇に掘られた防空壕に避難するんだけど、奥にいた僕たちがようやく車両から出た時には、空襲警報は解除されたよ」。東京大空襲の前後から、各地で空襲の頻度が高まり、移動するのさえも命がけの状態でした。「線路に沿って脇に掘られた一メートルくらいの穴が防空壕で、そこに身を屈めて、頭に荷物を載せて避難するんだけど、機銃掃射を受けたらなんの意味もないような、そんな防空壕だったよ」。列車に戻る際は大混乱、ドアだけでは足りず、父は大人に抱えられ、ひょいと割れた窓から中に入れられました。

東京駅で山手線に、秋葉原駅で総武線に乗り換えて市川へ。すでに日が暮れて、途中、両国駅でしばらく待たされます。両国駅から平井駅は空襲の被害を受け、片車線のみの運行でした。「乗客は、怪我をして包帯を巻いている人、杖をついている人、火の粉をかぶり髪や洋服が焼け焦げた人など、傷ついた人ばかりで、一言も話さずにシーンとしてたよ」。空襲で焼け出されて憔悴《しょうすい》しきった人たち。阿鼻叫喚《あびきょうかん》の灼熱地獄から辛くも生き延びた人の中には、猛火の中を逃げまどい家族とはぐれた人、爆風に襲われ眼前で家族を失った人もいたことでしょう。家は焼け落ち、肉親を失い、どこへ向かうにしても、何かにすがるにしても、未来は見えず、一夜にして人々は絶望の底に沈んでしまったかのようでした。「窓の外は真っ暗闇で、でもところどころ、青い火がゆらゆらと燃えているんだ」。焼け死んだ人の体から出る、燐《りん》の炎でしょうか。

平井駅から市川駅への線路は、通常に運転できる状態でした。空襲の被害は、道路一つ隔てて明暗を分けたといいますが、鉄道の駅や線路も同じでした。市川に到着して一夜を過ごし、翌日、ノブさんとその夫・ギイチさん、ヨシユキさん、父とで深川に向かいます。父の家族が発見されたのは、ノブさんの勘のなせる技でした。ノブさんもまた、尾崎さんの妻・松枝さんと同じように、紙一重で命拾いをしていました。尾崎さんの作品、『運といふ言葉』に父のセリフがあります。

「Nの伯母さんです。あの日、市川から深川の家へ来て、一日話し込んで、泊らうかと思つたけど歸つたんださうです。そしたら空襲。小母さんと同じですよ」

東京の下町を焼け尽くす大空襲の火は、東京と千葉の境を流れる江戸川に近い市川からも見えたことでしょう。朝になると、ノブさんの家の前を東京から焼け出された大勢の人がぞろぞろと歩いていて、「これは大変なことになった」と思い、深川に向かったのです。焼け跡を駆け回り、名前を呼んだり、人に尋ねたり。それらしい焼死体も見つからず、「ノブさんは、深川工作所の後片付けをしている鹿島組の人に声を掛け、見つかったら連絡をくれるようにお願いしたこともあって、それで防空壕から発見されたんだよ」。

鹿島組の深川工作所の前に用意された、父たちが暮らした社宅の防空壕は、元水路の上に架けられていた橋の下を利用したものでした。その上に家が焼け落ちて、橋まで一緒に焼け落ちてしまったのです。


市川駅から総武線で、両国駅へ。きっと車窓の風景は、ある場所から急に焼け野原となり、父は息を呑んだことでしょう。「両国駅から深川のほうを眺めたら、海がキラキラ光ってたんだ。一面焼け野原になり、遮る建物がなくなったから、海が見渡せたんだよ」。そこから父たちは深川の木場まで歩きました。当然ながら、都電もバスも機能していません。

見慣れたはず街の見慣れない風景。焦土となった歩きづらい道をなんとか進んでいきます。焼け崩れた家の真っ黒な柱や焼け瓦、トタンなど、瓦礫が道を埋めています。足元に気をつけながら歩いていた父でしたが、何かの拍子につまずいてしまいます。視線を落とすと、そこには焼死体の足がありました。仮埋葬のためにトラックで運ぶ途中、落ちてしまったものらしく、「その感覚は、もうなんとも言えない気分だった」。行く先々、公園や空き地には死体が山積みになっています。「なぜだかわかるか？」と父が私に問います。首をかしげると「火の熱を避けるようにして、人が人の下にもぐって、山になってしまったんだよ」と教えてくれました。

余談ですが、父は、ふぐのひれ酒を忌避《きひ》しています。宴会で、てっちりが供されると必ずついてくるそのお酒は、焼け跡の匂いがする、といいます。


なんとか家のあった場所に到着すると、後に父がお世話になる、林平さんの兄・エンゾウさんと佐一《さいち》さん（林平さんの義弟で私の母方の祖父。詳しくは後述）が待っていました。防空壕で窒息死した家族四人の亡骸《なきがら》が並べられていて、大人たちがさてどうしようかと思案していると、「兵隊さんが来てね、遺体は共同埋葬するから手をつけないように、と命令するんだ」。なんと理不尽な話。身元不明ではなく、身内が囲んでいるのに、共同埋葬とは。そこに、鹿島組の人たちがやってきて状況を知ると、焼け残りの木材を集めて持ってきてくれました。もはやお上の言葉など気にしていられましょうか。その場で荼毘《だび》に付すことになりましたが、これは、不幸中の幸いでした。おびただしい数の亡骸は、仮埋葬の名のもとに、まるでモノのように土に埋められて、隠されてしまったのです。

濡れた衣服を脱がし、井桁《いげた》に組んだ材木の上に家族を並べ、そして火がくべられました。けれど、火はなかなか大きくなりません。消火作業により、木材は水を含んでいたのでしょう。

ならば、と、誰かが鹿島組の倉庫で焼け残った重油入りのドラム缶を転がしてきて、重油を遺体にかけると、たちまち黒煙が上がりました。すると、消防手が数名飛んできて、火事になったらどうする、と、すごい剣幕《けんまく》で怒って命令したのです。見渡す限りの焼け野原、これ以上、何が燃えるというのでしょうか。こうしてお骨となった父の家族は、誰が用意したのか、白い木綿袋二つに納められたのでした。父はこっそりと骨のかけらをひとつ拾って、ポケットに入れました。

父が家族の骨を持ち続けた話は、ずいぶん昔に聞いた記憶があります。でも、その骨、最終的にはどうしたのでしょうか。「しばらくは、いつもポケットの中に入れていて、手のひらに乗せて転がしたりしてたよ。辛い時は、しゃぶったこともあったなあ」。父母、兄、妹、その誰の骨かわからぬものではありましたが、父にとって一片の骨は、家族の象徴だったのでしょう。「心の支えだったんだ。でも長く持っているうちに、骨を持っていることが重荷になってきてね。家族のお墓をこっちに移す時、他のお骨と一緒に納めたよ」。

私が小学校低学年の頃と記憶していますが、伊豆の牧之郷の墓では遠くて不便だから、と、父は家から近い都立霊園の墓地を購入しました。我が家の墓地を買う、ということは、僕も一人前になったよ、と、亡き家族へ報告することでもあったのではないでしょうか。

深川の焼け跡で家族を荼毘《だび》に付したその日、父たちは久子さんの姉であるノブさんの家がある市川に戻り、ひとまずお骨を預けます。翌日、父の同伴者に、亡き父・林平さんの兄のエンゾウさんが加わり、深川区役所まで行って父の罹災届を出し、その足で林平さんの職場に向かい、遺品を受け取ります。

「おやじは、その頃、永代橋の近くにあった鹿島組の東京営業所に所長として移ったばかりだったんだ」。実は、じゃがいも事件なる揉《も》め事があり、祖父は急遽《きゅうきょ》配置換えになったのです。形としては栄転ですが、苦い出来事でした。

会社への配給品のじゃがいもを、配達する人が水路の向こうの鹿島組に届けるのに、遠回りになる橋を渡るのを面倒くさがり、所長の家だし、と父の家に預けることがありました。ちょうど町内会の寄り合いがあって、食糧難で皆お腹を空かせているため、少しなら、と祖母の久子さんがじゃがいもを蒸して皆に出したのだそうです。出どころも説明しました。けれど、その中に、父の家族をよく思わない人たちがいて、あの家では会社の配給品を横領していると噂を立てたのだそうです。「今から思うと、深川に引っ越ししたのがよくなかったんだ。うちは立派な社宅に住んで、職方さんは長屋みたいなところに住んでいてね。それが同じ会社の上と下で、しかも同じ町内会なんで、やっかまれてたんだよ」。父はそれ以上は言いませんが、(しかも空襲にも遭って)と思っているに違いありません。

深川から永代橋へと向かう道すがら、焼けた瓦礫《がれき》で埋まってしまっている道が多い中、不思議なくらい片付けられている通りがあったと父は記憶しています。気になって調べてみると、どうやら真っ先に被弾し、もっとも被害の酷かった深川エリアを天皇陛下が視察するため、大慌てで道を整えたようなのです。おびただしい数の焼死体もそのために隠されたのでした。

焼け跡にはたくさんの立て看板が並んでいました。「○○は無事です、とか、移転連絡先が書いてあってね。僕はひとつひとつ読みながら歩いたんだ。もしかしたらうちの家族のもあるんじゃないかって。結局見つからないまま、永代橋に着いちゃったけどね」。家族の骨を手にしながらも、もしかしたら何かの間違いじゃないか、とそんな気持ちを拭《ぬぐ》いきれなかったと父は言います。

会社にあった林平さんの持ち物は、そう多くはありませんでした。万年筆や、土木技師らしく測定器のノギスなど。小さな箱に納められた遺品と一緒に、鹿島組が用意してくれた帰りの切符を受け取り、父たちは東京駅へと向かいます。「つい五カ月前、疎開する僕をおやじが見送ってくれたのが、遠い昔みたいだった。深川は焼け野原だけど、東京駅周辺はあの日と変わらなくて、不思議な気分だったよね」。

東京駅の丸の内側の駅舎、有名な辰野金吾《たつのきんご》[41]設計のレンガの建物は、五月の空襲で、三階部分のドーム型屋根を失いました。その後、八角形の屋根で再建されて、ようやく近年、昔の姿を取り戻したのです。

夕方には修善寺に着き、エンゾウさんの家に一泊します。エンゾウさんの家は酪農と農業を営んでいました。「久しぶりに銀シャリを食べたなあ」。東京は米が配給制となり、闇米価格も暴騰《ぼうとう》していた時代でした。また、父の疎開先の宇久須村は米づくりに向かない土地ゆえ、自家用の米がないため、食卓に銀シャリ、つまり白米が上がることはなかったのです。斎藤美奈子《さいとうみなこ》[42]著『戦下のレシピ』によれば、戦前の日本は、白米ブーム。三度三度白米を食べるという日本人の長年の夢がかなった時代でした。その背景には、統治下にあった朝鮮半島や台湾からの移入米があり、米が安くなったことが大きな理由だったそうです。一方、当時の日本では、貧しい農村、リッチな都会という、対立構造がありました。生産地である農村は搾取《さくしゅ》され、都会が贅沢《ぜいたく》な食を享受《きゅうじゅ》していたのは、江戸時代から変わらぬ姿です。けれど、戦況が悪化すると、都会からは食料が消え、農村には余る、という逆転現象が起こります。エンゾウさんの家で振る舞われた炊きたての白米は、父にとって目を見張るようなご馳走《ちそう》でした。

一泊した翌日、父は、四日前に鹿島組のハイヤーで急いだ国道一三六号を、木炭バスで戻ることになります。国道一三六号は天城山を越えていきます。この日、父の天城越えは、なんとも心細く、悲しいものだったことでしょう。

土肥のバス停で木炭と水を補給するため、しばらくバスが停車します。父はバス停に小学校の担任の先生が立っていることに気がつきます。一家全滅の電報が届いた朝、父の両肩に手を置いて、「家に帰りなさい」とだけ言った先生です。「あ、タツヒコ先生」と思って、父はハッとします。先生は国民服に赤い出征たすきを掛けていたのです。先生も父に気づき、バスに乗ってきて、「出征することになったよ」と父に話しかけたといいます。

間もなく小学校は春休みに入ります。新学期が始まる前に、家族の葬儀をすることとなり、山下家本家の菩提寺である牧之郷の玉洞院で執り行われることになりました。前日父は、鹿島組のハイヤーで、宇久須村の小母さんと、従姉のセツコさんと三人で、修善寺に向かいます。「通夜の日に、市川の伯父さんと伯母さんがお骨を持ってきてくれて、僕は一人で三島駅まで迎えに行ったんだよ」。喪服姿の二人は、お骨を納めた箱を白い布で包んで首から下げ、列車から降りてきました。

そこから駿豆鉄道で牧之郷に向かい、本家の祭壇にお骨を置いて、通夜が始まります。宇久須村から一緒に来てくれた疎開先の小母さんは、「まアちゃん、通信簿と優等賞の賞状を祭壇にお供えしなさい」と促します。宇久須国民学校（現在は合併して賀茂小学校）で父はなかなかの優等生だったようです。小母さんとしても、ちゃんと面倒を見てますよ、という気持ちがあったのでしょう。親戚や知人たちが、「まアちゃん、頑張れよ」と励まし、父もまた、子どもながら、一家の再興を誓ったのでした。

父が記憶するのは、野辺送りの風景です。白い幡を掲げる人が先頭に立ち、ちん、どん、しゃらん、と手磬《しゅけい》（手持ちのついた鐘）、懺法《せんぼう》太鼓、鐃鈸《にょうはち》（小さなシンバル）と呼ばれる鳴り物を鳴らすお寺のご住職ら三人が続き、父は位牌を持って歩きます。子ども一人を残し、一家四人が亡くなるという不幸を悼《いた》み、大勢の参列者が列をなします。「鳴り物を鳴らしてた一人は、おやじの幼馴染のヒラちゃんだったなあ」。彼は、「林ちゃん、林ちゃん」と虚空《こくう》に声掛けながらボロボロと涙を流していました。

野辺送りの隊列は寺の石段を上がっていきます。一同は、玉洞院の本堂へと向かい、そこで告別式の法要が始まりました。和尚様の読経《どきょう》が厳《おごそ》かに響き、そこに混じる嗚咽《おえつ》、鼻をすする音。でも父は掌をぐっと握ってこらえていました。

法要が終わり墓地に向かいます。すでにお骨になっている四人です。戦時中でもあり、七七日を待たず納骨することになりました。山下家の墓域には、すでに新たな穴が掘られていて、そこにお骨を納めて土をかぶせると、家族四人の名前が墨で黒々と書かれた真新しい白木の墓標が立てられたのでした。

三月の終わりか四月のはじめか。温暖な伊豆では、若草が萌え、春の花が咲いていたことでしょう。桃や桜も咲いていたのではないでしょうか。けれど、その日の父の記憶は、色のない世界。耳には、ちん、どん、しゃらん、と野辺送りの鳴り物の音だけが響き渡るのです。

父は、軍国少年たるもの、と大人たちに励まされます。鹿島組の人が葬儀に参列し、お香典とともに祖父・林平さんへの慰労金を持ってきてくれました。そして、「山下さんの息子さんは、ぜひ普通科の中学に通わせてください。そして大学を卒業したら鹿島組にぜひ入っていただきたい」と、父の将来を考えて、皆にそう伝えたそうです。林平さんの兄のエンゾウさんも、「この子は私がきちんと育てます」と語り、親戚一同がほっと安堵したのでした。

こうして葬儀は終わりました。緊張が解けたのでしょうか、不意にひとりぼっちになってしまった底なしの喪失感《そうしつかん》に襲われた父は、それまで耐えていた悲しみが、堰《せき》を切ったように溢《あふ》れ出し、涙がとめどなく流れて止まることがありませんでした。「もう一日も生きていけない、そんな気分だったよ」。

一方、下曽我に疎開している尾崎さん一家に、東京大空襲で山下一家が亡くなった知らせが届いたのは、空襲から八カ月が過ぎた十一月のことでした。

父の事情

父を襲った東京大空襲の不幸について書いてきましたが、父は「僕のことばかりじゃ、タイトルとたがわないか」と心配します。でも、父が家族を東京大空襲で失ったことや、この後しばらく書き続ける伊豆での日々の、その先に尾崎さんとの再会があり、そして、そして、と思うと、尾崎さん不在の時期を記すことは、本題からはずれてはいない、と娘の私は思っています。でも、父を安心させるためにも、ここで少し尾崎さんの作品から読み取れる、東京大空襲前後の尾崎さんの病状や下曽我での暮らしを見直すことにします。一九四四年（昭和十九年）、尾崎さん四十五歳。胃潰瘍による大出血で郷里・下曽我への疎開を決意します。尾崎家は、代々宗我神社の神職を務める家柄でしたが、尾崎さんの父親が急逝した後、関東大震災や尾崎さんの放蕩《ほうとう》なども あり、残された預貯金や株券、先祖からの土地を失います。以下『続あの日この日』より引用。

これだけは、と思つてゐた七百坪ほどの屋敷が、昭和四年、借金のカタに押へられ、競売された。そこに建つてゐる小さな家、それは、大震災でつぶれた前の家の廃材のうちから、使へるものを選んで急造した災後のバラックとも言つていいものだが、それだけはある親戚が引取つてくれ、母が独り住んでゐた。八、六、三、二に、台所、湯殿、便所といふ小家だつた。

ここに、尾崎家五人が移り住んだのでした。しかも医師から、「今日明日ということはない、三年ぐらいは保つだろう」と、そんな余命宣告をされるほど、尾崎さんの病は重篤でした。

「（前略）急なことはないと聞いてほツとしたんですけど、三年先にはいけないなんて。あなたに言つていいのか悪いのか判りませんけれど、あたし、一人でそんなこと考へてるの厭なんです」（中略）

「俺はたつた今考へついたんだが、生存五ヶ年計画といふのをたてる。（中略）医者が、良い方へも悪い方へも間違ふ例は、散々見て来てゐる。俺はやつてみるつもりだ。うまく五年生きたら、つづいて第二次五ヶ年計画に入る。君もそのつもりでやつてくれ」

文章からは尾崎さんの飄々《ひょうひょう》としたユーモアセンス（尾崎さんの盟友、[43]尾崎士郎《おざきしろう》が『暢氣眼鏡』を賞賛した時に使った「人生的ユーモア」という表現。まさに尾崎文学に通底するものだと思います）が伝わるものの、尾崎家の大きな危機でした。とにかく、人は日々生きていかなければなりません。そこで夫人の松枝さんが、尾崎さんに代わって家族を支えるべく奮闘《ふんとう》することになるのです。このあたりのことは、以前にも書いていますが、もし空襲の前日、用足しのために上京していた松枝さんが、深川の山下の家に立ち寄っていたら一体どうなっていたことでしょう。実質的に生活は立ち行かなくなり、しかも尾崎さんは尾崎作品のミューズを失ってしまうわけです（松枝さんにミューズという表現はあまりそぐわしくないかもしれませんが）。

松枝さんが助かり、父の家族が亡くなる。そのことにより、山下一家は、尾崎文学における〝運命の非情〟のシンボルとなったのです。『続あの日この日』のこの段の見出しには「山下一家の悲運、松枝の強運」とあります。一九五〇年（昭和二十五年）、小説新潮七月号に掲載された尾崎さんの作品『家常茶飯』には、父の家族の全滅を知った時のことが描かれています。

一ヶ月ほど經つて、山下夫人の姪に當る人から便りが來て、山下一家の全滅を知つた。この姪と云ふ人は、多木が仲に立つて、多木の若い友人と結婚させた、多木にとつては、謂はば仲人子であつた。まさかと思つてゐた多木夫婦は顔を見合せた。

姪とは、父が家族の一大事を知って小学校から疎開先の家に戻る途中でばったり会った従姉たちの一人、オキョウちゃんです。彼女が仲人である尾崎さんに手紙で報告をしてくれたのです。縁故疎開をしていた父だけが生き残ったことも記されていました。そのことを示す言葉が、『運といふ言葉』の中にあります。尾崎さんの作品では、しばしば登場人物は仮名で表記されます。オキョウちゃんも、佐伯律子となっています。父はいつも、昌久君、昌久、まアちゃんと本名ばかりなのですが。

山下家全滅という報らせは、佐伯律子から來た。私は早速、昌久君あて、悔み状を出した。子供たちも、「まアちゃん」あてに、せいいつぱいの手紙を書いた。それに對して、昌久君からは、何とも云つて來なかつた。

父から何の音信もなかった理由は、その後明らかになります。これについては『続あの日この日』にあります。二作品の状況は、実際とは多少時系列が異なるようで、私小説とはいゝえやはり小説なのだと気づかされます。

オキョウちゃんから手紙が届いたのは一カ月後ではなく同じ年の十一月で、尾崎さんはその手紙により山下一家の全滅を知ります。戦後まもなくで、しかもまだ生存五カ年計画の最中、執筆の依頼があっても引き受ける体力が伴わないという状況の中、尾崎さん曰く、

病気のスキをうかがひうかがひ、ぽつぽつと書いた。それも短いものばかりだつた。（中略）

右のうち「山下一家」と「うなぎ屋の話」とは、尋ね人広告を兼ねた短篇である。戦争孤児になった父が、疎開地でどうしているかを気にした作品で、掲載誌を仲人子であるオキョウちゃんに送ります。オキョウちゃんは、父の疎開先を知らせくれて、それで尾崎さんたちは父宛に手紙を書いたのでした。オキョウちゃんの夫は出征、臨月だったオキョウちゃんは間もなく出産し、乳飲み子とともに郷里の宇久須村に疎開していました。

（前略）が、昌久から返事を貰つた覚えはない。私は不審に思つたが、差出がましくなるのを懼れて、再度の便りは出さなかつたやうに思ふ。（中略）

「小父さんからの手紙、確かにうちの者から渡されました。しかし、封筒無しの、中身だけです。僕は返事を書く気にはなれなかつたし、小父さんには悪いと思つたけど、そのままにして了つたんです」

それで大体の想像はつく。いろいろと事情があつたのだらう。

そうなのです。父にはいろいろと事情がありました。牧之郷での葬儀のあと、親戚の大人たちは、父の後見人を決めるために集まります。父を一番心配していたのは、父の母・久子さんの母代わりでもあった姉、ノブさんでした。ノブさんは、空襲前夜に山下の家に泊まろうか迷った挙句《あげく》に帰宅した、松枝さん同様の強運の持ち主で、空襲直後に深川に駆けつけた人でした。ノブさんの家は、江戸川の川向こうにある市川。父にとって親しみのある土地です。年の近い二人の従兄もいました。ノブさんは、父を引き取るつもりでいました。でも、そんなノブさんの気持ちが一瞬怯《ひる》みます。原因は、祖父・林平さんが残した財産でした。

当時の大人たちは皆そうだったと思うのですが、祖父は非常時に備え、通帳や債券をしっかり身につけていました。残された金額は、父が大学を出て、家一軒建てるのに十分な額。きっとそれは、子ども三人を育て上げる学資だったのでしょう。祖父と祖母は、長男を帝大に入れるのが願いでした。次男の父に対してもそれなりの思いがあったと思います。当時の名門、府立三中受験のため、戦時中でありながら、父を進学塾に通わせていたのですから。

ノブさんはお金目当てと思われることを恐れたのです。言葉を探しているうちに、林平さんの兄、エンゾウさんが「私が面倒を見ましょう」と出張ってきたそうです。「この子は私がきちんと育てましょう」と、葬儀で公言した行きがかり上というのも、あったかもしれません。大柄エンゾウさんは、伊豆修善寺で酪農と農業を生業にしていました。本家筋でもあります。大柄で豪放磊落《ごうほうらいらく》、「ターザンみたいな伯父さんなんだよ」と父は言います。こうして父は、伊豆で暮らすことになったのでした。

疎開っ子の憂うつ

父のことを書き出して以来、尾崎さんの全集や単行本だけでなく、尾崎さん関連の書籍や、東京大空襲にまつわる資料に目を通しています。中でも印象的な一冊は、葛飾区が発行した『戦後五十周年記によせて　永遠の誓い』という冊子です。葛飾区在住の戦争経験者の体験と、戦争を知らない中学生の、平和への思いを寄せた文集で（その巻頭に父の文が掲載されています）、この一冊から、私は学童疎開の実態を知ることになりました。

葛飾区の小学校（当時は国民学校）の多くは、上越地方に集団疎開しました。旅館や料亭が宿泊所としてあてがわれますが、一九四五年（昭和二十年）の冬は記録的な豪雪で、寒さと飢えに耐えながら、「欲しがりません、勝つまでは」と洗脳に近い国への忠誠心で日々過ごしていたことがうかがわれます。

父が腸チフスに罹《かか》らず、明治国民学校の集団疎開先である福島県の女川村に行っていたら、きっと同じような経験をしていたことでしょう。西伊豆の縁故疎開は、気候や食料の面でも恵まれていました。

疎開児童たちは、地元の学校に通って勉強を続けていましたが、「疎開っ子」とうとまれることも多かったようです。父の場合、親類の多い西伊豆の宇久須村で、父の母・久子さんの親友の家、ということもあり、東京大空襲で家族を失うまでは、それほど辛い思いをすることはありませんでした。ですが、状況は変わってしまいました。家族を失った父は、手のひらを返したような人々の反応に戸惑います。

父は毎日のように、近所の男の子に「みなしご、みなしご」と囃《はや》し立てられるようになりました。みなしご、という言葉は、当時比較的新しい言葉で、「今になって考えれば、あの子はそれほど悪い言葉だと思ってなかったのかもしれないね。でも僕にはぐさっとくる辛い言葉だったんだよ」。東京と西伊豆の、言葉の温度差なのでしょう。しばらく父はぐっと耐えていましたが、ある日、我慢の限界とばかり、リレーのバトンほどの木《こ》っ端《ぱ》を拾い、えいっと、その子に向かって投げつけます。すると間が悪いことに、いじめっ子の妹が前を横切り、木っ端が目に当たってしまったのです。

目の傷は、思いがけないほどの出血をします。大泣きする女の子の声を聞きつけた父の疎開先の小母さんたちが、宇久須村には病院がなかったため、慌《あわ》ててタクシーを呼び、隣村の病院に運びます。傷は大したことはなかったようですが、女の子の顔に怪我《けが》させたことで、大人たちはオロオロし、「僕の妹の晴れ着を小母さんに預けてたんだけど、それをお詫《わ》びに持っていったりしてね」と父は言います。さらに、「ちゃんと謝りに行きなさい」と言われて、父はトボトボと訪ねたそうです。「大きな漁師の家でね、地元でも一目《いちもく》置かれている怖いおじいさんがいるんだ」。行ったものの、木戸の前で父は思考停止してしまいます。「もう怖くて、どうしたらいいかわからなくなって、立ちすくんでたんだ」。すると、ガラリと木戸が開き、海賊を思わせる風貌《ふうぼう》のいかつい男の人が出てきて、父の姿を認めます。「ただもう、ごめんなさい、と頭を下げるしかなかったよ」。すると、「子ども同士のことだ、もう気にするな」と、大きな手で、父の頭をポンと叩いて、それだけでした。

父は後年、この女の子が無事べっぴんさんに育って嫁いだことを、偶然入った静岡市の居酒屋で、宇久須村出身の女将さんから聞くことになります。「あの時、あの子をキズモノにしたんだから嫁にもらいな、って言われてたりしてたからね、ほっとしたよ。でも、きっとまぶたに小さな傷が残ってただろうなあ」と父は少し気にしていました。その数年後、再度その居酒屋を訪ねた時には、女将さんは亡くなっていたそうです。

疎開先の小母さんの態度も微妙に変わっていきます。ある日、父が本を読んでいると、「勉強もしないで、本なんか読んで」と叱られます。父は、作家の富田常雄の新刊（子ども向けの剣士もの）を読んでいたそうです。それは、父親の林平さんが送ってくれたものでした。（林平さんは、富田常雄の父親である柔道家・富田常次郎の書生でした）。また、エンゾウさんから手渡された林平さんの遺品の財布を見つけ、「どうしたんだ、これは」と問い詰められたこともありました。「いつも頭ごなしだから、とっさに言い訳できないんだ」と父は回想します。

何かにつけて難癖《なんくせ》をつけられるようになったのは、父の両親からの御礼を当てにできなくなったことと、後見人のエンゾウさんが、なかなか迎えにこないことで、「きっと、ここに居座られたらたまらない、と思ったんだろうなあ」。春は農家の繁忙期。作業に追われるエンゾウさんは、なかなか父を迎えに来れなかっただけなのですが、敗戦色が濃くなり、人々の心は疲れ果てていたのでしょう。しかも、村の人たちは、次々徴兵されていき、働き盛りの男性は姿を消し、女、子ども、年寄りばかり。

「小母さんはおふくろの親友だから、まだ遠慮している感じだったけれど、同居しているお婆さんが、あんた、一人で修善寺に行けるら、って言うんだよ。そりゃ行けるけど、先立つものは何もないし、転校だってしなくちゃいけないしねえ」。父は家族を失った辛さと、居場所がない不安で、時には学校からその家には戻らず、従姉のセツコさんがいる旅館に向かい、一泊することもありました。セツコさんは、久子さんの姉である、市川のノブさんの娘でしたが、請われて宇久須村にある旅館の養女として育ちました。

「ある日、あんまりに辛くて、セッちゃんに、家族のお墓参りに行きたい、って頼んだんだ」

牧之郷の玉洞院にあるお墓までは、あの木炭バスで向かわなければなりません。が、バスの切符を手に入れることが難しくなっていました。ただ、セツコさんの旅館は、明礬鉱山を管理するために軍が接収していた関係で、旅館の人々は軍票《ぐんぴょう》を与えられ、優先的に切符を手に入れることができました。「わかった、まアちゃん、行こう」と連れて行ってくれたそうです。

ところが行きは二人で乗れたのに、帰りのバスの車掌は父の乗車を拒否します。父が軍票を持っていない、という理由でした。セツコさんは車掌と交渉をしたものの埒《らち》があかず、嫌気《いやけ》がさしたのか、「まアちゃん、歩いて帰ろう」と父の手を引きます。国道一三六号線、車で一時間以上の道を、二人はトボトボと歩いて行きます。しばらくすると、バスが後ろからヘッドライトで道を照らして走ってきます。二人は道の脇に体を寄せて、通り過ぎるバスを見送ります。

天城山の上り坂は、東京育ちの十一歳の父には辛い道でした。十七時にバス停を出て、船原峠に着く頃には二十三時に。時折、山火事跡の不気味な景色が現れます。春とはいえ、まだ根雪が所々に残り、日が落ちればぐんぐん気温は下がっていきます。この日は休日で、平日は鉱山のトラックが往来する国道も、バスが通り過ぎた後は全く車が通りません。曇り空で月はなく、街灯のない国道は真っ暗闇です。寒さと恐怖と疲れで、父はやがて歩けなくなります。半べそでしゃがみこむと、「まアちゃんおんぶしてあげる」と、セツコさんは父を背負ってくれました。当時のセツコさんは、二十代前半。田舎で育ち、野良仕事もして、丈夫な体とはいえ、さほど大柄ではありません。きっと家族を失った父が不憫《ふびん》でならず、小さい頃からよく知っているわんぱく坊主に、できることはなんでもしてあげたいと、そんな気持ちだったのでしょう。

セツコさんは父を背負って一時間くらい歩きます。山下家の人々は大柄、と尾崎さんは書いていましたが、父は腸チフスを患った後、あまり大きくならず、小柄の部類になっていたそうです。でも、そうはいっても十一歳の子はなかなかの重さです。セツコさんはさすがに息切れして立ち止まります。すると、一台のトラックが通りがかって止まり、運転手さんが窓から声をかけてきました。「あんたたちこんな夜遅く、どこへ行くんだ」。セツコさんが宇久須村の旅館名を言うと、「土肥までよければ、乗んな」と、二人を荷台に上げてくれました。土肥に着くと、運転手さんは、宇久須村に向かうトラックがあることを教えてくれ、そこでトラックを乗り継いで、戻ることができたそうです。「荷台にはもう一人男の人が乗っててさ、ちょっと怖かったんだ。もしかしたら誘拐《ゆうかい》されるかもしれないし。だからかな、セッちゃんは、自分のところの旅館でお世話している軍の誰々をよく知ってる、とか話して懸命に予防線を張ってたなあ」。

真夜中にようやっと旅館に着き、父はそのまま一泊して小学校に行ったのでした。

父に、東京大空襲の直後、東京から戻り、修善寺のエンゾウさんの家から宇久須村に戻る時は、どうして難なくバスに乗れたのか尋ねました。「エンゾウさんは村の顔役だったから、いろいろ融通がきいたんだよ」。そんな伯父さんのもとで、父はこれから暮らすことになるのです。

修善寺へ

私の父の両親は伊豆出身で、私の母の両親も伊豆出身です。なので、東京の東の端っこ育ちの私ではありますが、伊豆ののんびりと明るい空気にホッと気持ちが和みますし、みかんやアジの干物は、ソウルフードに近い感覚です。父は十一歳から十八歳の七年あまりを伊豆で過ごしましたが、東京で生まれ育ち、そして東京に戻ってからは外に出ることなく今に至っている、つまり八十八年の人生の内、八十年以上東京で過ごしています。でも、父の感覚の中には、伊豆で暮らした時間が濃厚に染み込んでいるように感じます。両親が伊豆出身ということももちろん大きいと思いますが、それ以上に、東京大空襲で家族を亡くした後、そのまま伊豆で暮らすことになった父が、これから思春期に入ろうとする、少年から青年への移行期にあり、多感な年齢を過ごした伊豆は、父の人格形成に少なからぬ影響を与えたからなのでしょう。

未成年の父の後見人になった父方の伯父・エンゾウさんが、父の疎開先である西伊豆の宇久須村に迎えにきたのは、田植えがひと段落ついた頃でした。エンゾウさんは中伊豆の牧之郷にある本家を長男に譲って、妻のオキミさんとともに修善寺（現在の伊豆市修善寺）に移り、牧場を主力に田んぼや畑の仕事などを幅広く手がけていました。

「とにかくターザンみたいな、いやスーパーマンみたいな伯父さんなんだよ。おやじも大きかったけれど、伯父さんに比べれば小粒だよ。横幅があったしね」

尾崎さんが大柄と評した林平さんより体格のいいエンゾウさんは、農作業の手際がよく、耕すのも、草を刈るのも、収穫も、目をみはるようなスピードで、完璧な仕事ぶりでした。また、竹や藁《わら》を使って、どんどん道具をつくってしまいます。農家ならば当たり前のことだったでしょうが、それを差し引いても群を抜いた器用さでした。その一方、地域の警防団の団長や村会議員を務めるなど地元の顔役でもあり、伊豆新聞の俳句の選者をしたり、家を碁会所として開放するなど、文化的な一面もありました。

「僕の家族の葬式の時も、弔辞が上手くてね。林や、林や、って死んだ弟に呼びかけるんだ。みんな号泣してたよ」

出征した村の人たちが戦死し、〝英霊〟として戻ってくると、エンゾウさんが葬儀を取り仕切り、それはもう見事な弔辞を読んだそうです。

エンゾウさんが宇久須村にいた父を迎えに来た時、預かり先の小母さんは、何を思ったか、エンゾウさんに向かい、しかも父を目の前にして「この子には影がある。ほおっておくととんでもない子になる」と言ったのだそうです。おそらく、女の子の目に怪我をさせてしまったことなど父の一連の行動に対して、そんな印象を抱いていたのでしょう。何か後ろめたいこともあったようです。それで、連れ戻されてはたまらないからと、「こんな子はもう預かりたくない」とアピールしたのかもしれません。一方、エンゾウさんはその言葉を真に受けてしまいます。甥っ子とはいえ、頻繁《ひんぱん》に会う関係ではなかったようで、父の性格を把握《はあく》していたわけではありません。ならば、と父の根性を叩き直そうと意を決しました。

父にとっての最初の難題は、エンゾウさんと妻のオキミさんから「これからは自分たちをお父さん、お母さん、と呼びなさい」と言われたことでした。家族を亡くし両親への追慕がやまない時期、それはどうにも辛いことでした。父母ではない人を父母と思うことはできず、ましてや呼ぶことなどできません。そうなると遠くから呼びかけられなくて、「あのぉ」と近くに寄って話すことになります。その態度がまたいじけて見えたようで、何かにつけて怒られ、体罰を食らうことになったのです。「伯父さんは、田舎相撲の力士もしていてね、しこ名が力石《ちからいし》。怒るとそれはもう怖いんだ」。その力たるや、家畜の世話を見ているだけで、父は怖気《おじけ》づいてしまっていたのです。「牛は爪を切らなければいけないんだけど、エンゾウさんは大きな牛を押さえつけ、抱え込んで爪を切るんだよ。そんな怪力に叩かれたりするわけだから、顔に手の跡が残ったこともあったよ」。

エンゾウさんにとっても辛い時期でした。長男に家督を譲ったものの、長男を含めた三人の息子は皆召集されて戦地に行ったまま。残っているのは嫁や孫ばかりで、農作業をする人手が足りず、父を迎えに来るのが遅くなったのも、自分の田んぼだけではなく、息子たちの田んぼの田植え作業があったからです。

夏に向けて農家は大忙し。家畜の世話はもとより、田んぼが終われば畑があり、お茶摘みもあります。成長するのは作物だけでなく、雑草も放っておけば野放図《のほうず》に育ちます。村を挙げての共同作業もあります。まさに猫の手も借りたいような状況の中、エンゾウさんは父を引き取ったのです。「町っ子でなんにもできなくても、人手には変わりないから、否応なく手伝いをすることになったんだ」。

東京大空襲の体験を綴った『ガラスのうさぎ』という児童文学があります。著者の高木敏子《たかぎとしこ》[44]は、母、妹、父を空襲で失うのですが、作中で、仙台の親戚のもとで過ごした辛い体験にも触れています。慣れない田舎暮らし、しかも、山羊の世話をしたり、天秤棒《てんびんぼう》で水桶を何度も運んだり、という作業は、都会育ちの子どもにとって過酷です。父もまた、言われたことをこなすことができず、擦《す》り傷、切り傷は当たり前、転んだりぶつけたり、と怪我だらけでした。農村の子ならできて当然のことができないとなると、それがまた怒りを招いてしまいます。

『ガラスのうさぎ』の主人公は、あまりの辛さに東京に逃げ帰り、兄と暮らすようになりますが、家族全員を失った父は、この家で暮らすしかない、そんな気持ちだったのでしょう。救いだったのは、父に持ち前の好奇心があったことです。大人たちの農作業に興味を持ち、納屋に転がっていた錆びついた鍬《くわ》や鎌を見つけて、「これを使っていいですか」とエンゾウさんにおずおず尋ねると、「それは君のものにしなさい」と言われ、一生懸命研いで、自分の作業用にして、使うようになります。「家でもよく、リウマチだった母親の手伝いをしてたから、働くのは苦じゃなかったんだ。それに、とにかく土地に馴染みたかったんだよ」。

ともあれ父は、四つ目の転校先、北狩野村南国民学校へ。六年生での転入です。そして間もなく終戦を迎えます。

八月十五日は朝から快晴で暑い日でした。学校では「天皇陛下から大切なお話がある」と、生徒たちを早々に下校させます。ラジオでも正午から重大発表がある、と繰り返しアナウンスがあります。父は、エンゾウさんたちとラジオの前に座って、放送を待ちました。そして、迎えた正午。父はどんな気持ちで聞いたのでしょうか。

「ラジオの調子が悪かったのか、周波数が合ってなかったのか、ピーピーうるさくて、子どもの僕には何を言っているのかさっぱりわからなかったんだ」。世に言う玉音放送。耐え難きを耐え、忍び難きを忍び、という世紀の放送も、子どもにとっては、意味不明な雑音でした。父が、なんの話？　とエンゾウさんに聞くと、少し渋い顔をしながら「国民は気を引き締めて頑張れ、と言うことだ」と曖昧《あいまい》なことしか教えてくれません。「だから、戦争が終わったとは思わなかったんだ」。

でも、その夜から灯火管制が解除され、夜も灯りがつくようになりました。街灯に照らされる道は明るく、照明にかけられていた黒い布が外され、家々から灯火がこぼれます。どうしたのかな、と思いながら、父はその明るさが嬉しくて、「ぼんやりと、ああ戦争が終わったんだなあって感じたんだよ」と回想するのでした。

父の空襲体験

三月十日が近づくと、にわかに東京大空襲のニュースが増えます（最近は減りましたが）。筆舌に尽くしがたい悲劇は、映画、ドラマ、書籍になり、児童文学になり、絵本になり、忘れてはいけない記憶として語り継がれています。そんなことで、少し話を巻き戻します。

私は、東京大空襲で家族を失った父ではあるけれど、空襲を目の当たりにしていないことは不幸中の幸いではないかと思っていました。確かに父は空襲の激烈な猛火は経験していません。が、実は疎開先で戦闘機の銃撃を目の当たりにしたということを最近知りました。それはまだ、エンゾウさんに引き取られる以前、伊豆半島西海岸にある宇久須村で過ごしていた時のことでした。

「P公って呼ばれていたアメリカの艦載機、P51が海岸に向かって一機、飛来して、いきなり銃撃をしたんだよ。その時、浜辺にいてね」。

バリバリと物凄い音で玉が浜辺を穿《うが》ちます。父は必死で大きな松の木の影に逃げ込み、身を潜めて難を逃れましたが、係留されていた船で釣りをしていた釣り名人の子どもは逃げ遅れてしまい、そのまま帰らぬ人となりました。パイロットは艦載機の窓から身を乗り出し、海に浮かぶその子を確認していたといいます。「まるでゲームをしているみたいな感じでね、人を人とも思ってないんだよ。恐ろしかった」。

父が疎開した家は海沿いにあり、浜辺からは沼津や静岡の空襲が見えたそうです。ただならぬ気配を感じて浜に出てきた村の人々は、赤々と燃える彼方の夜景を黙って見つめていました。恐ろしく美しい花火のような炎をただじっと。魔の沈黙でした。

静岡県中央図書館歴史文化情報センターの資料には、「一九四五（昭和二十）年四月以降軍需工場を目標に本格化した空襲は、浜松市を中心に大きな被害を与えた。東京・大阪など大都市空襲を終えた六月、地方中都市に対する無差別爆撃が開始された。浜松市（六月十八日）、静岡市（六月二十日）、清水市（七月七日）、沼津市（七月十七日）の市街地が相次いで一夜にして焼け野原となった。七月二十九日夜、浜松市と新居町が艦砲射撃を受け、三十一日には清水市も襲撃された。海からの攻撃も始まったのである」とあります。

終戦間近まで、たくさんの、たくさんの空襲が、罪なき人々を襲いました。その最たるものが、広島、長崎の原爆投下です。それでも一般の人たちは日本が敗戦するなどとは考えていませんでした。「修善寺に移ってからのことだけど、近所に面白いおじさんがいたんだ。山から松の根を掘ってきて松根油というものをつくってたんだけどね……」。

松根油は、戦闘機の潤滑油にするためのもので、そのおじさんのところには、勤労奉仕の中学生が手伝いにやってきます。すると、道端で円陣になり、子どもたちに向かって「日本はもうダメだ、敗戦だ」と、周りの人にも聞こえるような声で話すのです。松根油などを戦争に使うようになっちゃあおしまい、と油を絞りながらも感じていたのでしょう。大人たちは「そのうち特高警察がやってくる」とおじさんを警戒していましたが、結局そんなこともないまま終戦になりました。

「とにかく、年中空襲警報だったよ。宇久須村の時は南から爆撃があるので山の北斜面に避難したよ。修善寺は、そのまま家に帰れ。テスト中でも半鐘《はんしょう》が鳴って、試験用紙はそのままにして帰宅しなさい、ってね。そのまま学校に戻らないで、川に泳ぎに行ったこともあるよ」。

度重なる空襲警報に、子どもたちの恐怖心も麻痺《まひ》してしまっていたのでしょう。父は身寄りのない悲しい孤児ではありましたが、終戦前には、父の事情を知っている軍人さんから「しっかり学んで家を再興しなさい」と励まされ、父も「はいっ」と敬礼したといいます。子どもたちは皆、軍国少年。洗脳の恐ろしさです。

一方、尾崎一雄さんとその家族はどんな戦後を過ごしていたのでしょう。人探し小説（父の消息を尋ねるため）として父の家族の悲劇を題材とした『山下一家』を書いたのちのことに触れてみます。尾崎さんの病はまだまだ予断を許さぬ状況でした。当時のことを描いた文章からもそれは伝わってきます。それでも生活のために筆をもち、文字を綴らなければなりません。尾崎家の家計はそれのみで支えられていたからです。けれど、作家とはそんな経済的な理由だけで書く職業ではないようです。以下『わが生活　わが文学』（池田書店）より。

ところで、書かねばくらしが立たぬから書く、と言へば、極めてはつきりしてゐて、他人の忠告を拒否するに都合が良いが、私どもには、時々どうしても書きたくなるくせがあるので、生活のためだ、とばかりタンカを切れぬ節がある。その点がつらい。

作家生理とでもいふか、どうもそこを他人にのぞかれると、はづかしがらざるを得ぬ面がある。だれかがニヤニヤしてゐさうで、私など、いつも、てれながら仕事をしてゐる方である。さうでない人もあるかも知れないが。

一日の大半を横になって過ごす状態が続く中、できることは「本を読むこと。何か考へること」しかなかった尾崎さん。

病臥して三年足らずの間にいろいろ読んだが、文学関係のものは尠なかつた。一流の作品中、長いために取つつきにくかつたもの、例へば『カラマーゾフの兄弟』『戦争と平和』『ジャン・クリストフ』などを五十歳近くなつて初めて読んだ。（中略）その時分の私は、文学作品の面白さよりも、思想書（主として仏教書）や科学書に一層強く惹かれてゐた。さういふ本の方が、私の当面する問題に関してより多く応へてくれるからであつた。（『続あの日この日』より）

こうした状況の中で生まれたのが、尾崎さんの代表作のひとつである『虫のいろいろ』でした。これは心境小説と呼ばれ、たわいない日常を描きながら、作者の心を映し出したもので、尾崎さんの処女作である『二月の蜜蜂』、美しく研ぎ澄まされた文体の、志賀直哉の影響をたっぷり受けながらもすでに才能の確かさが冴え冴えと伝わる、あの作品から時を経て生まれた名作で、そこには天文書から示唆を受けた「極大の世界、極微の世界を覗くことによつて、自分もまた極大であり且つ極微である」という境地が、虫たちの生態と重ねて描かれています。

一九四八年（昭和二十三年）に『新潮』編集部からせっつかれて書いた作品で、夫人の松枝さんには「病人小説」と評される始末でしたが、三年後の一九五一年（昭和二十六年）には、日本近代文学の英訳第一号としてアメリカの『パシフィック・スペクテーター』誌秋季号で発表されることになります。

「高校生の時、そのニュースをラジオで聞いてね。おじさん元気で頑張ってるな、と思ったんだ」と父はいいます。でも、まだその頃は、近い未来に尾崎さんと再会できることなど、全く予想もしていませんでした。

伊豆の暮らし

修善寺で暮らすようになって、父が驚いたことのひとつはトイレでした。「外にもあってね、そこに入れないんだよ」。入れない、とはどういう意味がわからず、なぜ？　と聞けば、正確には「入りたくない」という意味合いでした。というのも、天井に手の平くらいの蜘蛛《くも》が何匹も張り付いていたからです。トイレに蜘蛛、といえば、尾崎さんの『虫のいろいろ』に登場する、便所の窓に閉じ込められた哀れな蜘蛛を想像してしまいますが、同類とは思えないくらい大きな蜘蛛だったと父はいいます。伊豆の農村部には、都会のとは桁違いにワイルドで毒々しい虫が、我が物顔で跋扈《ばっこ》していました。野良仕事の手伝いをすれば、子どもの柔肌は真っ先に虻《あぶ》やブヨに狙われて刺されるし、家の畳はノミやダニの天国。時折ムカデも出るのです。「ムカデを見つけた時は、息を止めて通り過ぎるのをじっと見てたよ」。

私たちはのんきに自然のある田舎暮らしに憧れますが、そんなファンタジーを打ち砕《くだ》く、タフさが求められる環境。しかも酪農農家ならば、牛の糞尿《ふんにょう》にたかる蝿もわんさかいます。「ご飯をよそった茶碗が真っ黒なんだ。よく見ると、ハエがびっしりたかっている」。怯えて手をつけないでいると、「死にゃしねえ」と怒鳴られるのでした。

思い返せば父は、腸チフスを病んで食事も十分に摂れなかったがため、親が食糧事情のいい伊豆に縁故疎開させたのでしたが、環境の変化や精神的ショックが重なり、父の体調の回復は、はかばかしいものではありませんでした。「親だから心配してくれてたんだよなあ。宇久須でも、修善寺でも、誰も気にかけてくれなかったよ」。腸チフスが後を引き、排泄《はいせつ》に時間がかかると、「子どものくせに長い」と怒鳴られる始末、しかもエンゾウさんは父へのスパルタ教育を決め込んでいました。父が逃げ出さなかった理由を考えるに、父を取り巻く環境が、ドメスティックバイオレンスに近い暴力性を帯びていて、父のメンタルは、反発力を削がれていたのではないかと想像します。「そうだな、六十を過ぎても、修善寺や牧之郷に行くと、怯《おび》えが蘇《よみが》ったよ」。

虫に悩まされた夏が過ぎ、収穫で忙しい農村の秋も終わり、父は中学受験をすることになります。葬儀に参列した鹿島組の人の「山下さんの息子さんは、ぜひ普通科の中学に通わせてください。大学を卒業したら鹿島組にぜひ入っていただきたい」の言葉がまだ生きていたのです。葬儀の後、修善寺にも父の様子を見にきてくれたそうです。「入試は二月か、三月だったか」と父は記憶を手繰り寄せます。「面談、筆記試験、それから綱を昇るのと、走るテストがあったよ。走りはトップだったんだ」。

一九四六年（昭和二十一年）は戦後の学制改革前夜、つまり旧制最後の年でした。父が受験したのは、地元の名門、静岡県立韮山中学校（現在の、静岡県立韮山高校）。綱昇りや持久走の試験は旧制ゆえかもしれません。「校庭から山上を四往復するんだ」。韮山中学校は、北条早雲が居城とした韮山城本城の跡である龍城山の一角にあります。五十メートルほどあるその山の中腹あたりを走るのです。約千人の受験生は四班に分けられました。「最初は、先頭集団にはいたけれどトップではなかったんだ。でも三往復目からぐんと体が楽になって、ランナーズハイみたいな感じかなあ。前の四人を抜いて、もう誰も追ってこなくて一等だったんだよ」。

この話は子どもの頃からよく聞かされていました。「カモシカ少年って呼ばれたんだ」という自慢は、私たちが運動会や陸上競技会を迎える季節のひとつ話でした。今更ではありますが、ふと疑問が生まれました。「お父さん、もともと速かったの?」　残念ながら、東京の小学校時代は特に俊足だった記憶はないようです。それに、当時の父は腸チフス後で体力が落ちてたのです。なぜ一等だったのでしょう。が、父には心当たりがありました。「疎開してから、追いかけられてばかりいたんだよ」。

宇久須でも、修善寺でも、父は、知り合いの家などにお使いに出されることがよくありました。「小学校の学区が入り組んでいて、途中、隣の小学校の学区を通らないといけないんだ」。見張り番がいるらしく、父の姿を見つけると、よそ者が縄張りに侵入してきたとばかりに、何人かが猛烈な勢いで追いかけてきます。「怖くてね、とにかく一目散で逃げるんだ」。体調がそうよくなくても、命がけです。「もし捕まったらどうなるの」と尋ねたら、「捕まったことがないからわからないなあ」。ただ追いかけるだけの遊びだったのかもしれません。「あ、一度捕まりそうになって、道沿いに生えていたトウモロコシからまだ青いのをもぎ取って投げたことがある」。相手の子どもたちはまさか反撃されるとは思ってなかったようで、「当たらなかったけれど、怯《ひる》んでたな」。学区を抜けると、もう追いかけてはきませんでした。猿や猫の縄張りのごとしです。「それで足腰が鍛えられたのかもしれないね」と父は笑います。

持久走で一位になった父は、無事、韮山中学校に合格しました。足の速さを見込まれて、陸上部の勧誘もあったそうです。「でも、部活動はエンゾウさんに禁止されたんだ。そんな時間があるなら、家の手伝いをしろってね」。制服も、エンゾウさんの息子、つまり父の従兄のお下がり。終戦直後のもののない時代であれば仕方ありません。カーキ色の学生服です。ボタンだけは韮山中学校の金ボタンに付け替えました。針と糸を借りて、自分で縫ったそうです。「疎開する時、おふくろから『これからは自分でボタンつけするのよ』と針穴に糸を入れることは教えてもらってたんだけど、糸はオキミさんが機織りで使う糸しかないし、糸留めがよくわからなくて、糸を切ってから結んだら緩いんだよね、それで、いつも同じところのボタンが取れてしまうんだ」。するとエンゾウさんが目ざとく見つけ、「ボタンが取れているのは学校名を隠すためか、そんな奴は不良だ」と父に手を上げるのでした。「誰もつけてくれないしね。白分でつけてまた取れる。怒られる。その繰り返しだったな」。

ともあれ父の中学校生活が始まりました。父にとって学校は逃げ場でした。「家に帰れば野良仕事や牛の世話、風呂焚《た》きなんかで忙しいし、何かと怒られるし」。それでも、新しい環境で気持ちは浮き立っていた父は、小さな挑戦もしていました。学校の掲示板に張り出されていた三島市が募集していた防火標語の公募を見て、「一生懸命考えて、いくつか出したんだよ」。そのうちの二つが、一等一席と三席になりました。一席は「やれ防げ　火事は平和の犯罪者」、三席は「火事をおこさず、国家をおこせ」。東京大空襲により家族を失った父が考えた防火標語だと思うと、胸が詰まりますが、当の本人はそこまで深く考えていなかったようです。

「小林一茶の、やれ打つな蝿が手をする足をする、と、当時新聞などで書き立てられていた、戦争犯罪人、を掛けたような標語だね」。戦争犯罪人とは、いわゆる戦犯のことです。朝礼で表彰されたそうです。賞金は三十円と十円。父にとっては貴重な自由になるお金で、「身の回りのものを買ったんじゃないかな」。

俳句でも嬉しいことがありました。授業で詠んだ「節分の豆に寄る鳩豆に散り」という句が美術の名物教師にいたく気に入られ（国語の先生がきっと伝えたのでしょう。トンビというあだ名の面白い先生で、日本画と俳句が得意な先生でした）、三嶋大社への奉納俳句に選ばれたそうです。「境内に貼り出されたその俳句を、東京から訪ねてきた俳人が目にして褒《ほ》めてくれたらしいよ」。伊豆新聞で俳句の選者をしていたエンゾウさんも「マサの俳句は蕪村みたいだなあ」と、俳句だけは評価してくれたのでした。

「でも、そのくらいかな、勉強する時間は限られていたし。朝五時起きでひと仕事してから学校で、下校してからは、夜九時くらいまで働かされる。野良仕事や牛の世話、風呂焚きしながら宿題をやったりしたけれど、そうはかどらないよ。授業中は疲れて寝てしまうしね」。父の中学時代は、日に日に暗いものとなっていきました。

戦争孤児というもの

父にとって姉のような存在だった従姉のセツコさん。彼女のことは何度か書きましたが、セツコさんは、父が宇久須村から修善寺に移ってからも、ちょくちょく様子を見に来てくれたそうです。父を引き取った家での待遇が目にあまり、「まアちゃん、あんたは近くにできた戦争孤児の施設に入ったほうがいいんじゃないか」と心配されたこともありました。

戦争孤児の施設。当時、どんな様子だったのでしょうか。数年前、終戦記念日前後の朝日新聞に、戦争孤児についての記事がありました。戦争孤児の会代表の金田茉莉《かねだまり》[45]によれば、「戦後、戦争孤児の保護対策要綱を決め、集団合宿教育所を全国につくる方針を示しました。しかし、予算も規模もまったく不十分でした。見かねた民間の篤志家《とくしか》や施設が私財をなげうち、孤児を保護したものの追いつかず、街に浮浪児があふれました」（二〇一八年八月十六日 朝日新聞デジタル記事より）。おそらく、篤志家によるものが伊豆にもできたのでしょう。戦争孤児と聞くと、この浮浪児のイメージを思い浮かべてしまいます。上野の地下道で寝起きする姿を、子どもの頃、写真で見ていたからです。

「浮浪児と呼ばれた子どもの大半は戦争孤児です。学童疎開中に空襲で家族を失った子もたくさん路上にいました。だれも食べさせてくれないから、盗みを働くほかなかった。不潔だ、不良だと白い目でみられた。『浮浪児に食べ物をやらないで』という貼り紙まで街頭にありました」というひどいありさまでした。

父のように親戚に引き取られたり、養子に出された子はまだ幸運でした。けれど、「里親のもとで愛情深く育てられた人もいますが、戦後の混乱期で人心はすさんでいました。働き手を軍隊にとられ、どこも人手不足でした。こきつかわれ、学校に通えないことも珍しくない。文句を言う親も、行政のチェックも、何もありませんでした」。多くの子どもたちが、そんな状況下にあったのです。だから、鹿島組の人からの助言もあり、父が普通科の旧制中学校に進学できたのはありがたいことでした。けれど、だからといって苦しみが薄まるわけではありません。孤児となった子は、誰もが家族を失った悲しみを抱えて生きていたのだと思います。

父がもっとも辛い時期に経験した二夜の物語を、以前に父が書いたものを参考にまとめてみます。

中学二年生の秋分の日、朝から農作業に駆り出されて、その夕方にエンゾウさんからひどく怒られ、それが引き金となって従兄と父が言い争いになった挙句、天秤棒を振り回しながらものすごい形相で父を追い回したのです。エンゾウさんのスパルタ折檻《せっかん》に加えて、さらにその家族にまで。父はこれまでにない恐怖を感じ、気が狂わんばかりに泣きながら家を飛び出したそうです。そして、もう追いかけてこないだろうというところまで逃げて、息を切らしながら空を見上げると、満天の星空が広がっていました。涙で滲《にじ》む目に星々は、十字に見えたり、線に見えたりします。気が抜けたようにフラフラと歩いているうちに、お地蔵さんを祀《まつ》った祠《ほこら》を見つけました。もうあの家には帰りたくない。心の糸がプツンと切れ、もう限界でした。そこで、雨露をしのげそうなその祠で一夜を過ごそうと決めました。あたりの草むらから虫の大合唱が響きます。

恐る恐る祠に入って身を屈めます。街灯などない山の中、真っ暗なその中で目を凝らしているうちに、父は闇の中に光る二つの目に気づきました。「野犬だ」とすぐにわかり、食いつかれるかもしれないと思ったものの、「もう生きていてもしょうがない、そんな気分だったんだ」。だから、ただじっと身を硬くしていました。そのうちに、外から犬の足音が次から次から聞こえてきました。仲間を探しにきたのか、それとも、父の匂いを嗅ぎつけて集まってきたのか。唸《うな》り声、吠える声。突然、祠の中にいた犬が大きな音を立てて祠の扉に体当たりして外に飛び出しました。外の犬たちの絡み合う音、足音、遠吠えは、明け方まで続き、父は一睡もできないまま朝を迎えます。九月後半の山の明け方。ぐっと冷え込み、父は恐怖と寒さで震える体を小動物のように丸めて時を過ごしました。

朝の光が山の向こう側から射し、やれやれと緊張が解けたところで「急にお腹に痛みを感じたんだ」。昨日の昼から、何も食べていなかったのです。家を飛び出し、走って逃げて、恐怖の一夜を過ごした父は、喉《のど》もカラカラでした。急いで谷に降りて、ゴクゴクと喉を鳴らしながら水を飲みました。何も食べるものは持っていなかったので、川辺に生えているイタドリの茎を齧《かじ》り、山の棚田まで歩き、収穫間近の稲穂をちぎり、口に運びました。「モミを噛《か》んで白い液を喉に流し込んだんだ」。それでいくらかは空腹を我慢できました。

昼間、父はセツコさんが話していた戦争孤児の施設を目指したそうです。けれど、どうしても場所がわからず、道に迷ってしまい、山の中に戻りました。そして、人目につかないよう山の小径《こみち》をあてどなく彷徨《さまよ》ったといいます。「ツバナの若い穂を噛んだりしてね、食べられる植物は宇久須時代に村の子から教わったんだ。子どもはみんなおやつにしてたんだよ」。

夕方になって人の気配がなくなったことを確認すると、山の開墾《かいこん》畑に入って、サツマイモを掘り出し、生のまま齧《かじ》りました。生のサツマイモは、甘みとともに薄い渋みがあります。その味が舌に伝わると、父は無性に悲しくなって、涙がこみ上げてきました。「まアちゃん」と、どこからか両親が呼んでいるような気がして、思わず、「お父さん、お母さん」とつぶやきました。天涯孤独な我が身を思い、父はたまらなく心細くなりました。それでも畑で拾った蓆を担いで、昨夜の祠に向かっていたといいます。ほかに一夜を過ごせる場所が見つからなかったからです。

けれど、空腹と前日の野犬の恐怖で眠ることなどできません。目は冴《さ》え、頭痛もしてきました。虫の音が高まり、闇に響き渡ります。父は祠を飛び出し、「お父さん、お母さん」と呼びながら夢中で駆け出しました。足が向かうのは、家族の墓のある玉洞院。祠から六キロほど離れているその場所まで、父は息を切らし、ただそばに行きたくて、夢中で向かったのでしょう。

いつしか秋雨が降り出していました。田舎の墓地は土葬が多いこともあり、雨が降れば燐《りん》が青白く燃えて、子どもには怖い場所です。けれど、もうそんな怖さも忘れて墓地に駆け込み、家族の墓に取りすがると、抑えていた悲しみが堰《せき》を切ったように溢れ出てきました。大きな、とても大きな声を上げて、悲しい気持ちを吐き出すように泣いたのでした。体が濡れることも、寒さも気になりませんでした。

墓地の向こうにある僧坊に明かりが灯りました。

父はふと背後に気配を感じます。

「どうした?」

思わぬ声に、父は涙と雨に濡れた顔で振り返ると、そこには家族の葬儀でお世話になった和尚様が立っていました。父は言葉が見つからず、ただ和尚様を見上げます。和尚様は何も言わず父を優しく抱きしめました。父は和尚様の懐《ふところ》に顔をうずめ、しゃくり上げました。和尚様の衣に染み込んだお香の匂い。その匂いを嗅ぐうちに、徐々に気持ちは落ち着いてきました。そして、葬儀の日のことを思い出すのです。「あの日、親戚や知人に励まされて一家の再興を誓ったのに、って急に今の自分が情けなくなってね」。寒さや飢え、不眠を体験し、死をも想ったことで、父は辛い労働や折檻も、大したことではないと思えるようになっていました。心の中に、生きる力、自立の意志が芽生えてきたのです。


ふと気がつくと雨は上がっていました。

和尚様は父の手をとります。父にとって、久しぶりに味わう心安らかな温もりでした。その手に連れられて夜道を歩きます。露に濡れた草を踏みしめながら、山から里へ。真っ暗な里の闇の中、エンゾウさんの家のあたりだけ明かりが灯っていたといいます。

この経験は、父にとって大人になるための通過儀礼だったのかもしれません。家族を失った父が自立する気持ちを抱けたのは、少年から青年へと成長する時期だったこともあったと思います。また、この頃から、エンゾウさんの様子に不調の兆しが見えてきました。きっかけは、戦後のハイパーインフレにあったようです。

恐ろしき終戦直後

ハイパーインフレという言葉。最近だと、南米のベネズエラが思い起こされます。物価上昇率二六八万%などという数字に驚かされましたが、戦後の日本も猛烈なインフレに襲われたといいます。理由はもちろん日本の敗戦によるものでした。戦災により企業の設備が打撃を受け、流通も滞り、生活物資が供給不足に。また、旧軍人への退職金支払いなど臨時軍事費の支払いがかさみ、物価が高騰。預貯金の引き出しが激しくなり、銀行券の発行高が急激に増えて、尋常ならざるインフレーションを引き起こしたのです。

「預貯金が封鎖されたし、古い紙幣が使えなくなったりして、大人たちは慌てふためいてたなあ」と父は回顧します。国はインフレ対策として、預貯金引き出しを制限、紙幣は旧券から新券に切り替えられました。いわゆる「新円切り替え」というものです。ところが、実施が半年繰り上げられたこともあって、新券の発行が間に合わず、止むを得ず旧券の左上に証紙を貼るという苦肉の策が取られました。「貼るのを手伝わされるんだけど、上手に貼れなくてねえ。剥がれちゃうと、エンゾウさんに怒られるんだ」。

預貯金引き出し制限について、もう少し詳しく書きます。太平洋戦争敗戦から半年後の一九四六年（昭和二十一年）二月十七日、銀行からの一世帯当たりの引き出し金額が月五百円に制限されました（当時の月五百円は今の七万五千円程度）。当然、大人たちはパニックになり、銀行には長い列ができました。銀行や郵便局に預けていた預貯金の大半は引き出せなくなり、毎日のように貨幣価値が急落。祖父の林平さんが遺したお金も、みるみる減っていったわけです（以前にも書きましたが、当初は、父が大学を卒業して家を建てられるくらいの金額がありました）。焦ったのはエンゾウさんです。目減りしていく資産を何とかしなければと、祖父のお金を元に、事業拡大を図ったのですが、思うようにはいきませんでした。

酪農を営んでいたエンゾウさんは、北海道から乳牛の雌の仔牛を買い足すことにしました。しかし、届いたのは雄の仔牛ばかり。文句を言うものの埒があきません。仕方なく転売をするために桑名まで運んで行きましたが、お金の代わりにつかまされたのが、あまり効果のない肥料でした。また、子を孕《はら》んだ乳牛を購入したものの、生まれた子牛が雑種だった、ということもありました。これは、父が中学三年生の時のことで、父はこの牛の出産に出くわし、たった一人で介助することになります。

「学校から戻ったら、牛の顔が前と後ろにあるんだよ。びっくりしてよく見たら、もう出産が始まっていたんだ。誰か呼ぼうと思ったんだけど、みんな畑に行ってて、もぬけの殻でね」。仕方なく父は子牛を抱えて引き出し、体を覆《おお》った薄い羊膜を外しました。また、胎盤など後産を牛が食べないようにのけることも忘れずにしました。「それからお湯を沸かしたんだ。見よう見まねだったけどね」。このお湯を母牛に飲ませていると、ようやく家の人たちが野良仕事から戻って来ました。「僕が一人で子牛を取り上げたんで、みんなあっけにとられてたなあ」。子牛は黒牛でした。「真っ黒ならまだいいんだけど、足の一本に、蹄《ひづめ》のところに少しだけ白い毛束があってね」。雑種の子牛を見たエンゾウさんの落胆は目にも哀れでした。

その頃から、エンゾウさんの様子に変調が見られるようになりました。戦中、戦後の混乱期、原因は様々あったと思うのですが、ハイパーインフレと投資の失敗が重なり、父のお金の大半を失くしてしまった罪悪感も、エンゾウさんの心身を蝕《むしば》んだに違いありません。一家の大黒柱で、スーパーマン、父の後見人でもあるエンゾウさんは、ある日すっかり朧《おぼろ》な人になってしまいました。これは父にとって大きな事件でした。

「もううちにはお金がないし、約束どおり中学までは出したわけだから、働きに出なさい、ってオキミさんに言われてね」。夫が病になってしまった上は仕方ないことだろう、という言い分です。けれど父にとっては青天の霹靂《へきれき》で、唖然《あぜん》として言葉が出なかったそうです。時代は、ちょうど旧制から新制への切り替えの経過時期で、「旧制と新制じゃ、中学の意味は全然違う。鹿島組の人が言ってたのは、もちろん旧制中学を出て、旧制高校、旧制大学に行って、それでうちに入社を、ってことだったからね」。困り果てた父は、市川にいるノブさんに連絡を取り、相談したそうです。すると、伝令のようにして、父の従兄がやってきて、「居座れ、って言うんだ。でも、どうしていいかわからなかったから、聞いた通りに、居座れって言われました、とオキミさんに伝えたら、ポカンとしていたよ」。

中学一年までは、小学校時代の余力で成績も悪くなかった父ですが、何しろ勉強する時間がなく、十分な参考書も買えず、中二、中三と、みるみる成績が落ちていきました。それでもなんとか追試を受けて、そのまま新制の韮山高等学校に進学することが決まりました。「でも、これからは自分で稼いで家にお金を入れないといけない。考えてみれば、中学三年生からお金稼ぎを始めたんだなあ」。

怒られてばかりいる戦争孤児の父を、近所の人は心配しながら見守っていてくれました。父がひどい折檻を受けて泣き叫んでいる声を聞きつけ、玄関にやってきたお隣のおばさんは、「その子はそんな悪い子じゃないと思いますよ」と、庇《かば》ってくれたそうです。また、だんだん体力が付き、要領がわかってきた父が畑を耕す姿を見て、「おたくのお兄さんはよく働くし、気がきくねえ、と褒めてくれる人もいたんだ。それはね、土を深く鋤《す》き返して、雑草を土中に埋め込むような作業なんだけど、こうすると雑草が堆肥《たいひ》になるんだ。同級生が遊んでいる間、ずっと働かされてたけれど、それなりに知恵を使っていることを周りの人たちはちゃんと見ていてくれたんだよ」。

だから、父が自分で稼がなければならなくなったと知るや、周囲の人は何かと父に手を差し伸べてくれるようになったのです。

父と動物

子どもの頃から、我が家には何かしら動物がいましたが、その多くは訳あって我が家にやってきた子たちでした。怪我をした伝書鳩、逃げてきたカナリア、脱走して保護されたヒマラヤン（猫）など。中でも印象深いのは、ウサギです。新婚の叔父（母の弟）が夜店で買ってきたテーブルうさぎ。大きくならないという触れ込みでしたが、ウサギなど飼えない、とお嫁さんに拒否されて、うちで引き取ったのです。小さいうちは可愛くて、布団の中に入れたりしていましたが、大きくならないはずのウサギは、どんどん育ったため部屋飼いを諦め、父は木箱と網を調達して庭に兎小屋をつくりました。しばらくすると、さらに二坪ほどの広さがあるウサギの運動場を父はこしらえました。何本か木も植えられていました。開放的な場所を与えられ

たウサギはさらに大きくなり、野生を取り戻し、野良猫を威嚇《いかく》するほどになってしまいました。

終戦直後のハイパーインフレが引き金で、将来のためにあったはずの親の遺産がすっかりなくなってしまい、進学が危ぶまれた父でしたが、なんとか高校入学が可能になった時、自分でお金を稼ごうと心に決めます。その最初が、家畜の飼育でした。だから、父にとってウサギの世話など手慣れたものだったのです。そんなことを知らない幼い私は、どうして、学校の飼育小屋みたいなんじゃない、ウサギ牧場めいた運動場をつくったんだろう、と訝《いぶか》しくてなりませんでした。ある時期、大して広くない庭の、かなりの部分をウサギが独占していました。

父の話によれば、「伊豆の農家の子どもたちは、いずれ家畜の世話をするので、予行練習みたいな形で、まずウサギを飼うんだよ。僕は、柿の木を柱の一つに利用した兎小屋をつくったんだけど、そしたら、それまで実がならなかったのに、その秋からたわわに実って、またそれが美味しくて、エンゾウさんは碁会の景品にしたりしてたよ」。そんな経験があったからこそのウサギ牧場でした。ウサギの餌は、子どもたちがみんなして遊びに行った河原で摘むハコベやタンポポ、チグサなどでしたが、父は農作業の手伝いから抜けられず、河原に行く暇などありません。すると、誰かしらが河原からの帰り道、ぽーんと父のウサギ小屋に草を投げ入れてくれたそうです。伊豆の人たちは、恩を着せるようなことが苦手で、でも、心根は温かく、そんな風にして父を見守ってくれたのです。

ある日、父に「これを育ててみろ」と手で抱えられるくらいの箱に入ったヒヨコを持ってきた人がいました。それは、生後六十日くらいのクズ雛と呼ばれるもので、養鶏所ではじかれた生育不良の雛のこと。「三十羽くらいいたかなあ。以前にオキミさんがチャボを飼っていた小屋が空いていたから、そこで飼うことにしたんだ」。餌にも工夫をしました。近くに流れる狩《か》野《の》川にテンモクという仕掛けをして小魚を捕り、それを餌にしたのです。テンモクというのは、中伊豆での呼び名でしょうか。もんどり、とか、びんぶせ、と呼ばれる、胴囲が太い、底の抜けた細口のガラス瓶で、これを川の流れに沿って置き、小糠《こぬか》を撒《ま》くと、それがガラス瓶に吸い込まれていきます。魚はそれに誘われて瓶の口から中に入りますが、出口になる底には蚊帳が張ってあるので逃げられません。「ハヤとか小魚が面白いように捕れるんだ」。父は捕れた小魚をそのまま鶏にあげると、器用につついて小魚の骨を折り、つるりと飲み込むのでした。他に、削り節の粉も餌にしました。

父が暮らすあたりに削り節を売りにきているおばさんがいて、この人は糠漬け名人としても知られていました。「でも、なかなかいい小糠が手に入りにくいらしくて、僕を手なずけようとしてね」。エンゾウさんの家は酪農と農業を兼業していたし、牛の餌用に小糠はふんだんにありました。だから、父は気前よく小糠をおばさんに渡し、その代わりに削り節を篩《ふるい》にかけた時に出る粉をもらうことにしました。「これも、鶏の餌にしたんだよ」。新鮮な小魚と削り節の粉、それから青菜も栽培しました。そんな餌で育てられた鶏はぐんぐん育ち、「マサの育てる鶏は月夜に輝くようだな」と同居の従兄が驚くような、銀光りする毛並みになりました。二十羽の雌鶏たちは、毎日立派な卵を産むようになるのです。

「ぽっこりと黄身が盛り上がって日の出みたいだったよ」。その卵に目をつけた人が、父に売ってくれないか、と掛け合ってきました。父が喜んで売ると、その人は茹《ゆ》で卵にして三倍の値段で売ったそうです。「僕から八円で買うと、茹で卵にして二十四円くらい。おじさん、高く売るね、と言ったら、美味しく茹でるにはコツがいるんだよ、と笑ってたよ」。その茹で卵が美味しいと評判がよく、どんどん持ってきてほしいと頼まれるようになりました。一日に十個から十八個は採れたので、なかなかの売り上げです。その売り上げは、すべてオキミさんに渡したそうです。お小遣いとして貯めようとは毛頭思わず、自分の生活費や学費の足しに、と父は律儀でした。それと、もう一つ理由がありました。「いつも仏頂面《ぶっちょうずら》の伯母さんが、その時だけえびす顔になるんだ。その顔が見たかったんだろうなあ」。

子豚の飼育も始めました。近所の家で豚が出産したことを聞きつけた父は、子豚見たさに覗きに行きます。豚は多産で、八匹くらいが母豚の乳首に吸い付いています。が、よく見ると、母豚の乳首が足りず、あぶれている子豚がいました。きっとあの子豚はダメだな、と話している大人たちの一人が、ふと父を見つけて、「あんたのところは牛飼ってるから、牛のお乳で育ててみな、って言われてね」。父は、世話をしている乳牛の小屋の片隅で、豚を育てることにしました。
「どうしたらいいかなあと考えて、まず自分の人差し指に牛乳を浸して子豚に飲ませたんだ。するとちゅうちゅう吸うんだよ」。そんな風にしてお乳を与え続け、少しずつ牛乳の量を増やしていきます。牛乳をあげる指が人差し指と中指の二本になり、さらに薬指が加わるくらいに量が増えた頃には、子豚は元気に育っていました。子豚にとって父の指はおっぱいです。だから、父は母豚同然で、「学校から帰ってくると、牛小屋の戸のところで子犬みたいに待ってるんだ」。父が牛の餌用の草を刈りに河原へ行く時には、一緒に連れて行きました。子豚は草を食べたり、土を掘ったり、泳いだりしたそうです。「ブヒッて声をかけると、ブヒッて答える。それが帰るぞ、という合図で、また一緒に戻るんだよ」。この豚も、手入れと餌のおかげで、従兄は鶏同様、「銀狐みたいだ」と驚くほどの、毛並みのいい豚に育ちました。

父は、すでにたくさんの家畜の世話をしていました。多い時は二十頭いたという乳牛はエンゾウさんの家の家畜。ここに、鶏と豚が加わりました。あとはウサギや猫もいました。学校に行く前も、帰宅後も、休む暇はありません。餌をやり、排泄物の掃除をします。が、お金を稼ぐと決めた父は、鶏と豚も懸命に育てたのでした。

ある時、飼っていた鶏がイタチにやられてしまいました。イタチは野ネズミを獲る益獣なので駆逐《くちく》はしません。が、時折、鶏を襲うのです。鶏は首から血を吸われて絶命していました。するとオキミさんが、鶏をさばいてすき焼きにしようと言うのです。「僕の飼っている鶏なんだから、自分でやれってね」。熱湯をかけて羽根をむしり、包丁でさばいた父は、辛くて仕方なかったそうです。父が上等な餌を工夫して育てた鶏ですから、「みんなうまいうまいって食べてたよ」。

屠場《とば》に牛を連れて行ったことも何度となくありました。大きな牛を一頭、小柄だった父が引いている姿は、高校で話題になったそうです。大きな牛と格闘している父とすれ違った学校の先生が、「山下は偉いんだぞ。山のように大きな牛を引っ張って売りに行く手伝いをしてるんだ」と。

朝七時に修善寺を出て、三島の屠場に着く頃にはラジオからのど自慢の音楽が聞こえたそうですから、昼頃でしょうか。牛歩のスピードでなんとか目的地にたどり着こうかという時、「牛が急に歩かなくなるんだ。きっと血の匂いを嗅ぎつけるんだろうなあ。一生懸命手綱を引っ張ったり、辛かったなあ」。

子犬みたいに懐いた子豚だって、やはり売らなければなりませんでした。ペットではない、家畜です。稼がなければなりません。「修善寺でもそうだったけど、高校卒業して東京に戻ってからも、しばらくは、牛も、豚も、鶏も、僕は肉を食べなかったなあ」。

亡くなった私の母は、父から動物を飼育した話を聞くのが好きでした。鶏を育てた話、子豚を育てた話は、何度でも聞きたがったそうです。私も、父が動物のことを可愛い子分や仲間のように話すので、好きな思い出話です。父は可愛がった話や、餌の工夫を面白おかしく話しま

す。そして時折、叱られて悲しくて、牛小屋で一夜を明かした話なども加わ
ります。霜がキラキラと雪のように降る夜、干し草の上で横たわる父に、
懐いていた仔牛が体を寄せてきます。そうして暖をとりながら眠るので
した。その光景は童話の世界のようですが、「翌朝、そのまま学校に
行ってたんだから、随分汚かったと思うよ」と父は笑います。

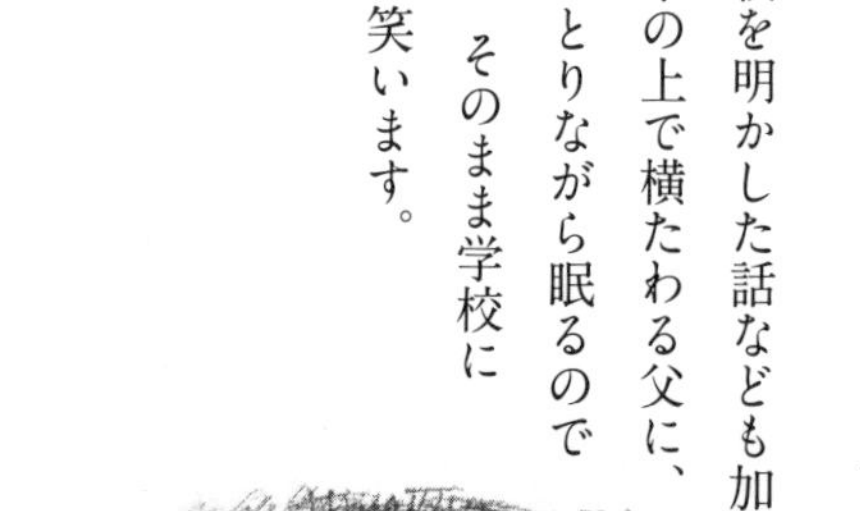

父の金稼ぎ

カエル、といえば、タフンバリ。おはぎは、ハンゴロシ。あんころ餅は、ミナゴロシ。子どもの頃に父から聞いた、父が伊豆・修善寺時代に出くわした奇妙な呼び名は、方言ならではの直截な表現が面白く、今も私は、カエルを見れば反射的に（タフンバリ！）と心の中で叫んでいます。最近になって、父がこれらの呼び名を耳にしたのは、高校時代のアルバイトでのことだったと知りました。さて、どんなアルバイトをしていたのでしょう。

ハイパーインフレとエンゾウさんの投資の失敗で、親の遺産が雲散《うんさん》霧消《むしょう》してしまい、さらに

エンゾウさんは病に倒れてしまいます。これをきっかけに、父は高校に通うための学費や生活費を自分で稼がなければならなくなりました。最初は、近所の人に勧められた鶏や豚の飼育程度でしたが、やがて、水道工事や測量の手伝いなど、外部の人から頼まれて本格的にアルバイトをするようになっていったといいます。

アルバイトをするきっかけとなったのは、エンゾウさんの家の井戸が壊れたことでした。井戸の水が使えなくなり、山から水を引くことに。当時の中伊豆あたりで使われていた水道は、山に置いた大きな水瓶《みずがめ》に貯めた水を鉄管で引く、単純な仕組みの簡易水道でした。

作業をする水道屋さんは同居する従兄の友人でした。水道屋さんはこの作業を従兄に手伝わせようとしたのですが、病んだエンゾウさんの分まで農作業しなければならない彼は、自分の代理として父に手伝いをさせたのでした。こんなチビ使えるのかい、と最初は不承不承《ふしょうぶしょう》だった水道屋さんでしたが、知恵のある父をすぐに気に入って、学校のない土日や長期休暇には、口笛を吹きながら父を訪ねてきて「明日、大丈夫か」などと声をかけ、父をあちらこちらに連れて行くようになりました。

「水道屋さんは鉄沓屋《かなぐつや》（馬の蹄鉄《ていてつ》づくりと取り付けをする仕事）の息子で、当時はまだまだ実入りのいい仕事だったけど、将来はないと考えたんだろうね。自分で水道の仕事を始めたんだよ。バンドにも入っている陽気な人でさ、いつも流行歌を口ずさんでた。美空ひばりとか田端義男とか、このアルバイトの時に覚えたなあ」。

父がパチンコを覚えたのもこの時期でした。終戦後に大ブームとなったパチンコは、今から見ればいかにも素朴な仕組みでしたが、まだまだ混乱していた時代。射幸心《しゃこうしん》を煽《あお》るこのゲームは、男たちにとって格好の逃げ場になったようです。「水道屋さんの仕事で、手洗い場を付けるためパチンコ屋さんを知ったんだ。アルバイト後にこっそり覗きに行ったら、床に玉が転がっている。それを拾い集めてパチンコすると、結構玉が出てさ。景品のキャラメルをカバンに詰めて、高校で配ったんだ」。味をしめた父は、パチンコ屋の常連に。ところが、どうやらそんな高校生が少なからずいたらしく、高校ではパチンコ禁止令が出てしまいます。「朝礼で先生から指導があった後、同級生の一人に〝ここに失業者がいるぞ〟と囃《はや》し立てられたよ」と父は苦笑い。せっかく玉が入っても、じゃらじゃら出てくるはずの玉が出てこなくて、パチンコ台を叩いて、「出ないぞお！」と声を上げると、途端に溢れるほど玉が出てくることもありました。「きっと、僕の境遇を知っていて、いろいろお目こぼししてくれてたんだろうなあ」と。その後、東京に出てから、腕に覚えがあるはずのパチンコで惨敗した時、父は人の情けに気づかされたといいます。

ともあれ、父にとってアルバイトは、大人への入り口でもありました。畑や家畜の世話などで日々追われ、ろくに勉強もできない閉塞的《へいそくてき》な環境が、エンゾウさんの病によって一変。働かなければならないことに変わりはありませんでしたが、外の世界、大人の社会を体験する機会が生まれたのです。高校生になって体力もつき、また、お金を稼いでくることで頼られるようにもなって、家での立場はずっと楽になってきたのです。

水道屋さんのアルバイト以降、父は様々なアルバイトを経験するようになります。戦死により若い男性が圧倒的に減ってしまった戦後、いくらでも人手は必要だったのでしょう。そんな中でも、父にとって忘れられないアルバイトがありました。一九五〇年（昭和二十五年）、父が高校二年生だった夏のこと、それまでの家屋税が固定資産税に吸収されることになります。そんな時期に、父は修善寺町の隣にある大仁町《おおひとちょう》（現在は合併されて伊豆の国市）の家屋調査の手伝いに駆り出されました。家の大きさ、間取り、屋根の種類（瓦、茅葺《かやぶ》き、スレートなど）を調べていく作業、つまりは税金を取るためのお役所仕事の手伝いです。

最初はメジャーの端を持つだけの補佐役でしたが、しばらくすると記録を取る係として重宝されるようになり、三人一組のチームとして町の家屋調査を一軒一軒進めていきました。「いろいろな家があったんだよ」。土間のみの家もありました。電線をただ一本引いて、銅線のアースをつけただけの家。スイッチなどなくて、電球の接続部を緩めて灯りを消していました。「満州から引き上げてきた家族の家だったかなあ」。

高校二年と三年のふた夏、このアルバイトをしたことで、町の全容がだいたい分かったといいます。人の暮らしを垣間見る《かいまみる》ことは社会を知ること。このアルバイトを通して、父はたくさんの人生があることを実感したのではないでしょうか。そして、実はこのアルバイトで、父は例の奇妙な呼び名と出合ったのでした。

「こんなところにも家があるのか、っていう山奥に、すごい家があってねえ」。闇商売で儲けたのではないかとの噂もある家で、家のまわりには堀が巡らされ、優雅に鯉が泳いでいます。入り口への橋は跳ね橋で、鼠よけだと聞かされたそうです。「庭には堀から水を引いた池があったし、他に納屋や四阿《あずまや》がいくつかあった。山葵田《わさびだ》も敷地内にあったんだよ」。

家の中には村田二連銃が床の間に二丁飾られ、床の間の横にはライフ誌が積み上げられていました。息子さんはアメリカに留学、旦那さんは東京で仕事。「奥さんが一人で家にいて、上等な絣《かすり》のモンペをはいていたなあ」。この奥さんが父たちを大歓待してくれて、昼ごはんも用意してくれました。出されたお椀の具は「タフンバリだって言うんだよね」。何だろうかと蓋《ふた》を開けると、お汁にアカガエルがプカリ。「口からぺろんと舌出していてねえ」。仰天《ぎょうてん》した父たちは、おばさんが見ていない隙に、お椀の中身を窓の外に捨ててしまいました。すると、外の池の鯉がぱくっと飲み込んだのでした。

「アカガエルは、精のつく贅沢品だったんだけど、そんなことは知らなかったから、驚いたのなんのって。タフンバリって、田んぼで踏ん張っている、カエルの姿のことなんだよね」。休憩時間は座敷で昼寝。今度は「ハンゴロシとミナゴロシ、どっちがいいかって聞くんだ。物騒な名前だし、次は蛇だろうかと怯《おび》えてたら、おはぎとあんころ餅だったよ。ゴロシは、殺すってことだけど、米の搗《つ》き具合のことだったんだ」。

そんな牧歌的なアルバイトでしたが、チームを組んでいたひとりが父に良い影響を与えてくれる人でした。韮山高校のOBで東京の医科歯科大学に通っていたエリート青年は、「韮山高校の教師について、スッちゃんはたいした数学の先生だよ、とか、学校の先生のいいところを教えてくれたんだよ」。農作業やアルバイトで忙しく、学業に身を入れることができなかった父でしたが、そんな話を聞くようになって、授業への向き合い方に変化が生まれます。「嫌いだった先生なのに、この先生はすごい先生なんだと思うと、一生懸命授業を聞くようになってね。すると苦手な数学がよくわかるようになるんだよ。それがきっかけで、どの学科も興味を持つようになったんだ」。おかげで、高校を卒業する時には恥ずかしくない成績だったんだよ、と父は少し自慢げに笑うのでした。

この先輩との出会いがなかったら、父は道を踏み外していたかもしれません。高校生になって体力も知恵もつき、大人の世界も見えてきて、しかもお金を稼げるようになったのです。病に倒れたエンゾウさんは、もはや恐怖ではありませんし、学校をサボって、挙句に中退して、チンピラの仲間入りをする可能性だってあったでしょう。そんな危うい状況の父が、絶妙のタイミングで学問の楽しさを教えてくれる人と出会えたことで、高校時代を無事に終え、東京に戻る力を与えてくれたのでした。

尾崎さんへの手紙

尾崎さんが書いた父と父の家族を題材にした作品だけで一冊にした本があればいいな、と私は密かに思っていました。ある日、父の書棚から尾崎さんの出版目録なる立派な和綴じ本を発見し、ページをめくっていたところ、なんとあったのです。尾崎家と父の家族が出会った上野櫻木町の路地の人々を描いた『ぼうふら横丁』、東京大空襲で全滅した深川の山下家のことと父の行方を捜した作品『山下一家』、そして、父と再会した時のことを綴った『運といふ言葉』。池田書店版『ぼうふら横丁』には、その三作が収められています。父に尋ねたところ、人に回覧しているうちに何処かへ行ってしまったとのことですが、ネットで見つけ、取り寄せました。奥付には「昭和二十八年四月二十日初版発行」とあります。『ぼうふら横丁』を書き終えたのが同じ年の三月で、それに合わせた出版ということがわかりますが、ここに、一九四五年（昭和二十年）の終戦直後に書いた『山下一家』と、一九五二年（昭和二十七年）九月に書いた『運といふ言葉』を併録したのは、関連作品ということと同時に、父を励ます思いも込められていたのだと感じます。

高校を卒業した父が尾崎さんと再会するきっかけは、父が尾崎さん宛に書いた、一通の手紙でした。その内容は、『運といふ言葉』に掲載されています。

拝啓、突然のお便りにてさぞ驚かれることでせう、小父さんを初め皆様相變らず元氣で居られることでせう、しかし小父さんの身體が損はれて居る事を小父さんの小説で時々見るので心配です、

そんな書き出しで始まる父の手紙は、十八歳の父が袋物製造卸に住み込みで雇われ、少し落ち着いてから書いたもので、尾崎さんの元には六月二十三日に届いています。思いがけない父からの手紙に尾崎さんと松枝さんは心浮き立たせて封を切ります。尾崎さんは作品中に父からの手紙を長々と引用しています。

私は今元氣で居りますから御安心下さい、思へば深川の空襲で一家全滅した當時、小父さんを始め鮎雄ちゃん一枝さんの私への激勵の手紙を頂き以来プッツリと音信を絶ちました、疎開先の小母さんの態度が手の裏を返したやうに變り泣く〳〵伯父に連れられて伯父

の家へ行つたのがその年の六月でした、折からの田植麥の穫り入れにかりたてられ都會に育つた私は慣れぬことばかりで手足は傷だらけになり、女々しいことですが父母の像も一向に頭から消えず、思ひ出しては泣いて居りました、さうした時はあの樂しかつた櫻木町を思ひ出して、それから一度でもいいから上野へ行かうとしましたが以來今年の春（二月）になるまで七年間一度も行く事が出來ませんでした。

父にとって、上野櫻木町での日々は、幼き日のゴールデンデイズだったことが、この一文から分かります。父は、上野櫻木町もまた、空襲で焼けたものと思っていたようです。

夢に見た櫻木町は焼けて一掃され新興した活氣のある町でした、しかし實際は古傷をゐぐられるやうな古ぼけた昔のまゝの町であることを知ることは出來ませんでした、

父はさらに、高校から就職までのことを簡略に伝えます。

昭和二十一年に伊豆のN高校（當時は舊制中學）に入りました、（中略）今春その學校を

卒業しました、大學へはやつて貰へないので冷かしに公務員の試験を受けたら好成績で合格し困つたので家に内緒にして何とかして東京へ出ようとして市川に居るNの伯父を頼つて行きました、しかし親爺の居たK建設へは入る事が出來ず止むなく考へたこともない商人に志し今居る小岩の高橋商店にNの伯父の世話で小僧に入つたのです、店は思つたよりひらけて居り毎日暢氣に過して居ります。

父は名古屋の税関を受けたといいます。アルバイト先からも卒業したらうちにいらっしゃいと誘われていたそうですが、どうしても東京に戻りたかったのです。けれど、あてにしてた鹿島建設は、大学を卒業していない父を相手にはしてくれませんでした（後からわかったことは、どうやら父を探していたとのこと。けれど、父のことを知る人と人事採用担当がうまく連携していなかったようです）。なお、文中にある、（當時《とうじ》は舊制《きゅうせい》中学）とあるのは誤認です。

上野へは二度行き、うなぎ屋の大貫さんへ行つて、鮎雄ちゃんが一度來たことも判り、又お宅の住所を訊きましたところ判らず終りました、しかしこの間新聞に足柄下郡下會我と載つて居りましたので、ことによるとと思つてこれを書いたのです、ある日、新聞を読んでいたら、「下曽我の病院が火事に遭った記事が載っていて、その住所を書いて、小父さんの名前を書けば届くかな、と思ったんだよ」と父は回想します。父が尾崎さんに手紙を書こうと思ったのは、父と父の家族のことを書いた『家常茶飯』という作品を市川のノブさんから教えられたことがきっかけでした。「伯母さんに、尾崎さんがまアちゃんを探してる、って言われたんだよ」。

小父さん方と別れてもう十年にならうとして居りますが、大體の消息は小父さんの書くもので知つて居ます。一枝さんは早稲田の文科に居るさうですね、東京へ行けば逢へると思つたら家は在つても住む人は見ず知らずの人達です。二度目に上野へ行つた時は、忍ケ岡小學校へ行きました。そしていつも歸つた道を歸つて來て長屋の隅の家へ「ただ今」と云つて入りさうになりました、そして小父さんや小母さんや鮎雄ちやん一枝さん圭子ちやんの居たお向ひの家へ飛び込みたくなりました。

久しぶりの上野櫻木町、懐かしい小学校、長屋。どれだけの記憶が父の脳裏に蘇ったことか。父はきっと素直な気持ちを書き綴ったことと思いますが、こうして作品内に掲載されたのは、文面に宿る切なさに、心響くものがあったからだと感じます。

久しぶりに行つた上野の家はリップ・バン・ウィンクルが夢からさめたのと同じでした、しかし居ていい筈の私の身内は一人も居ません、私はいつからか威勢を張る表面は明るい人間となりました、そして上野へ行くのが厭になりました、今私は小岩に居りますから東京へ來た時は一寸足をのばして下さい、では皆様お身體を大切に、この手紙の着くことを祈りつゝ、亂筆お許し下さい、ではさよなら、

リップ・バン・ウインクルとは、最近では岩井俊二《いわいしゅんじ》[46]監督の映画のタイトル『リップヴァンウインクルの花嫁』で知られますが、アメリカ版浦島太郎的なお話の主人公です。この手紙が届くや、尾崎さんは折り返し返事を出し、それを受け取った父もまた、すぐに返事を書きました。そして、一九五二年（昭和二十七年）七月二十九日に、上京していた尾崎さんを父が訪ね、再会を果たすのでした。父と再会した尾崎さんは、昔とあまり変わらない父の顔にとても救われたと書いています。

（前略）多分それは、昌久君の顔に、過ぐる七年の惨苦の跡など微塵も認められなかつたからだらう。

そしてそれは、父が手紙に書いたような表面上は明るいカラ元気ではなく、「恐らくは、伸びようとするいのちの若さそのものだらう」と察します。田舎での暮らしから解放された父は、まさに新しい人生の一歩を踏み出して、そのエネルギーが体から溢れていたのでしょう。小柄だった父が、東京に戻るやぐんぐん身長が伸びたのも、その証です。

嬉しい再会

神奈川県の小田原にある[47]小田原文学館《おだわらぶんがくかん》には、尾崎さんの書斎が移築されています。他にも、大量の蔵書や関連資料が主に夫人の松枝さんからの寄贈により保管されています。父の書棚にあった収蔵品目録を見ると、尾崎さんが生涯手元に置いていた手紙の数は膨大で、しかもその幅広さに驚かされます。交流のあった文士たちの手紙はもちろん、父を始めとする一般人の知己からの手紙も多く、その中には、なんと私と妹が連名で書いた手紙までありました。

私たちの手紙は、たぶん文化勲章受賞パーティにお招きいただいた御礼状です。父から言われて二人で書いたのだと思うのです。妹は中学生、私は高校生でした。お互いの消息を伝える手段が限られていた時代、物書きにとって、手紙はとても貴重な資料だったと思うのですが、まさか、私たちのものまで残っているとは。日付不明とあり、どうも私たちは、日付を入れるべき手紙の常識を欠いたお礼状を書いたようで、その至らなさを悔やみます。

ともあれ、父が尾崎さん宛てに出した手紙がきっかけで、父は尾崎さんと再会を果たします。その時の様子を、父の『思い出の記　故・尾崎一雄おじさんの一年祭』から引用します。

七年の歳月の後、私は就職先を求めて上京しました。そして、雑誌に出ていたおじさんの小説を読んで、私を探していることを知り、おじさん宛に手紙を出し、それがきっかけでおじさんと再会することができたのです。

忘れもしない昭和二十七年七月二十八日夜、場所は上野のうなぎや千万喜の根岸の別邸、おじさんはニコニコしていて、一別以来と少しも変わっていませんでした。でも少し前まで布団に伏していたようで、いくらか疲れているように見えました。

その日、池之端の料亭で、三遊亭金馬師匠と対談したのだそうです。私の勤めている店のことを色々と聞いてくれました。そして、「みんなで待っているから下曽我へ遊びに来なさい」と言われました。

この夜、ヘルシンキのオリンピックで水泳男子四百メートルの自由形決勝が行われ、日本の期待の星・古橋選手はついに入賞をも果せませんでした。ラジオの実況中継をおじさんと二人で聴きながら、大いに残念がりました。

帰り道、おじさんは鶯谷の駅まで送ってくれました。途中古本屋へ寄り、おじさんは本を一冊買いました。なにかとても気に入った本のようでした。駅に着くと、おじさんは私に五百円札を握らせ、これで下曽我にいらっしゃいと念を押すように言いました。

初めての下曽我行きでしたが、事前におじさんから詳しい地図入りの手紙を頂いていたので、迷うことなく行くことができました。この手紙は本当に親切な行き届いたものでした。

「国府津までの東海道線は一番前に乗りなさい。乗り継ぎの電車が○時○分で、後ろからだと走って乗らなければいけないので、息が切れるから」といった具合でした。

春に高校を卒業して働き始めたばかりの父に、遠出をする金銭的余裕などありません。そんな父の先回りをして、お金を渡す尾崎さんの心遣いは、お金に苦労した人だからこその真心であり、社交辞令ではなく、心からの歓待を伝える形でもありました。「最近気がついたんだけど、おじさんが古本屋に入ったのは、僕に渡すお金をくずすためだったんだよね、きっと」。

その当時、尾崎さんの家がある下曽我まで、父が勤めていた江戸川区の店からは往復で三百六十円。「残りの百四十円で帽子を買ったんだ」と父は笑います。お土産はどうしたのでしょう。

父の勤め先である袋物製造卸の会社のオーナーは文学通で息子二人も早稲田大学に通っていて、尾崎一雄の名をよく知っていたそうです。「尾崎さんのところに行ってきます、と報告したら、小さながま口を一つ、これを持って行きなさい、って手渡してくれたんだ」。父はまだ十八歳。手土産にまで気が回らなかったようです。

「下曽我に行くのはいいけど、どうやって行くんだろうって思っていた矢先に手紙が届いてね」。今のように、サクサクと検索できる時代ではありません。事故のないよう、慌てることなく、無事に訪ねてきて欲しい、親心そのものの優しさです。

そんな尾崎さんでしたが、父を自宅に招くにあたり、一抹の不安があったようです。その心の内を作品『運といふ言葉』に記しています。

「八月十七日には是非おいで。喧嘩好きの小母さんも、年をとつたから、大分と大人つぽくなつたよ。一枝も鮎雄も大きくなつたぜ」

そんなことを云ひながらも、私は迷つてゐた。自家《うち》へ招ぶのが、果してこの少年を愉ませることになるかどうかと。

どう迎えたらいいものか、歓迎の仕方が難しいぜ、と思い悩む尾崎さんに、夫人の松枝さんは「そんな手加減は出來ませんよ。せいいつぱい勸迎するより外ありませんよ」と、いかにも「芳兵衛」らしいまっすぐさで応えます。が、そんな心配など無用なほど、父はその日を待ちかねたように朝早くに東京を出て、下曽我に向かったのでした。尾崎さん、松枝さん、長女の一枝さん、長男の鮎雄さん、次女の圭子さんに迎えられた父は、懐かしい上野櫻木町の思い出話で盛り上がります。

上野公園、不忍池、寛永寺、赤土山。憂いなき子ども時代を過ごした上野の思い出を共有できるのは、父にとって尾崎さん一家以外にありません。エンゾウさんの家で苦労を重ねた父でしたが、そんな時間を忘れて童心に戻り、父は七年の空白を経て、再び帰る場所を見つけたのです。

その後、おじさんは私の家族のことを綴った『運といふ言葉』を文芸誌『群像』に発表しました。この作品に元気づけられ、私は大いに奮起しました。あの作品は、おじさんからの心からの声援だったと思っています。

その後の私は、何か屈託があるたびにおじさんに手紙を出しました。それも再々になりましたが、そのたびにおじさんからていねいな手紙をもらいました。思い出すほどに恥ずかしくなるようなことまでも書いて送りました。自分でも手に負いかねていることを、おじさんは、いつもいつもいつまでも見捨てることなく、よくぞ見守って導いてくれたものです。

初の訪問以来、父はしばしば尾崎家を訪ねるようになります。秋にはみかん狩り、お正月にはカルタ遊びに誘われます。お正月（または年末）に尾崎家を訪問するのはその後の恒例となり、私たちもよく連れて行かれました。

父にとっては、尾崎家の子どもたちが幼なじみなのですが、尾崎さんは「まアちゃんはお父さんのお客さんだから」と子どもたちに宣言していました。父は、大好きなおじさんからそう言われたことが嬉しくてなりませんでしたが、「今から思えば、大学に行っている子どもたちと、社会人になった自分とは、住む世界が違うことを察したおじさんの思いやりだったのかもしれないなあ」と父は言います。前途洋々だった山下家の、教育熱心だった山下家の、東京大空襲で全滅し、ただ一人学童疎開により生き残った父の悲運を、誰よりも切なく思ってくれたのが、尾崎一雄という作家だったのだと私は感じます。

尾崎さんのお金の作法

現代に生きる私たちにとって、お金はなくてはならないものです。このお金は、時に人を助け、時に人を破滅もさせます。尾崎さんは、若い頃に父親の遺産を使い果たし、また、作家として目処がつくまでは極貧の結婚

生活をしていた人です。が、その貧しさを楽しんだのが、妻の松枝さんで、そんな松枝さんとの生活から生まれた短編作品『暢気眼鏡』や『芳兵衛物語』は、尾崎文学の代表作となり、映画やTVドラマにもなりました。お金の苦労を人一倍した尾崎さんのお金に対する作法は、とてもとてもきれいなものでした。人を生かす使い方をためらわずにします。父はそうした尾崎さんのお金の作法にどれほど助けられたことでしょう。

昭和三十五年の正月に下曽我へ行った時、おじさんに、独立して仕事をしたいのですが、と相談を持ちかけました。その時おじさんは、「君がその気ならばやり給え」とだけ言いました。その月の二十五日に勤め先を円満退社いたしました。

独立の報告に行くと、お祝いだと言って、一万円を包んでくださいました。当時、並みのサラリーマンの給料に当たる額でした。

二月になって、いざ仕事を始めてみると、当初の計画通りに行かず、資金が足りなくなりました。なりふり構わず、三カ所に速達で手紙を出して借金の申し入れをしました。速達を出した翌々日、おじさんからウナ電（至急電報）が届きました。「明日の三時に新橋駅の小川軒に来るように」と書いてありました。

翌日三時、新橋駅前のレストラン、小川軒に行くと、おじさんが待っていて、やがて作家の富田常雄先生がみえました。おじさんが、手はずを整えてくれていたのです。富田先生については、もっと別の説明がいるのですが、とにかくおじさんに言わせると、私にいくらかの資金援助をしてもおかしくない立場の人ということで、私に引き合わせてくれたのです。そして、私の見ている前で、後にも先にも見せたことのない姿勢で、「この子に資金を貸してやってくれないか」と頼んでくれたのです。もちろん、富田先生はご快諾くださいました。おじさんはさらに、「もしこの子が返済できなかったら、私が返済します」とまで言ってくれたのでした。

富田先生が帰られたあと、おじさんは「君、お腹がすいただろう」とカレーライスをとってくれました。ラジオが、皇太子の第一王子は浩宮と御命名された、と報じていました。おじさんは、急ににこにこして、「一枝（長女）の子どもも浩というのだ。どうだ先見の明があるだろう」とうれしそうに話すのでした。

その後、新橋の駅に行きました。「おじさん、これからどこへ？」と尋ねたところ、「今日は君の用事だけで、下曽我から真っすぐここに来たんだ。すぐ帰る」とのこと、私はびっくりしてしまいました。

ホームまで見送ろうとする私を制して、おじさんは階段を上っていきました。その後ろ姿を、私はいつまでも見送りました。見えなくなったら目頭が熱くなり、涙がとめどなく流れました。親爺、いや、それ以上のものをそこで見た思いでした。

富田常雄が父に幾らかの資金援助をしてもおかしくない立場、である理由を少し説明します。前にも書きましたが、私の祖父・林平さんは、伊豆の農家の次男坊で、財産はいらないから学問をさせてほしいと、日本大学工学部機械科に進学します。学生時代は、同郷の縁もあり嘉納治五郎が創設した講道館の最初の門弟である富田常次郎の書生となります。この富田常次郎の息子が小説『姿三四郎』で流行作家となる富田常雄でした。富田常雄は若き日に父親と不仲になり家を飛び出すのですが、その際に林平さんがあれこれと生活を支えたのだそうです。また、富田常雄は、障がいのあったお姉さんのことが心配で、それを知った林平さんが、時折上野櫻木町の山下の家にお姉さんを呼んで、そこで二人を引き合わせてもいました。そんな時、お向かいの尾崎家の二階から、尾崎さんは文士仲間の姿を認めて、「よお」と挨拶をしていました。尾崎さんはそのあたりのことを覚えていたのです。

「この子の父親は鹿島組で鉄筋コンクリートと呼ばれた男です。それほどは堅くないけれど、間違いない男だから」と父を紹介します。すると富田常雄は、「わかりました。明日、阿佐ヶ谷の自宅にいらしてください」と請け負ってくれたのでした。富田常雄が帰った後には、「阿佐ヶ谷の家を訪ねる時には、文明堂のカステラの桐箱入りを手土産にしなさい」と指南もしてくれました。

「おじさんと再会した時に、僕の仕事の話をしたら、すぐさま『じゃあ将来は独立だな』と言っていたんだよ。だからなのかな、とても親身に考えてくれたよね」と父は回想します。「僕は最初、独立なんて全然考えてなかったけれど、おじさんに道筋をつけてもらった感じだね」。のちに松枝さんから、「『まアちゃんが独立する時には、富田に援助するようにと話してあるんだ』と一雄が言ってたわよ」と教えられたそうです。

父は、袋物製造業に入って以来、思いがけずその世界で才能を発揮していました。ザルや籠、筵《むしろ》をつくるのが当たり前だった農村暮らしの七年が、ハンドバッグのデザインに生かされたようなのです。しかも、目はしがきいて、知恵もある。大変だった生活から解放された嬉しさもあいまって、父は伸び伸びと仕事をしていたに違いありません。そんな父の背中を押したのが尾崎さんだったのです。続きがあります。

小川軒で別れて一カ月ほどして、下曽我へ仕事の息抜きに遊びに行きました。ちょうど圭子ちゃんが早稲田大学に合格した時で、私も一緒になって大いに喜びました。

おじさんに「今夜は君、うちに泊まっていきなさい、明朝僕と圭子も東京へ行く、君も一緒に行こう」と言われ、その日は尾崎家のお世話になりました。

翌朝三人は、おばさんに見送られて下曽我の駅に向かいました。途中、駅の近くまで来ると、おじさんは二人を待たせて銀行に入っていきました。しばらくして戻ってきたおじさんの手には、お札の入った白い封筒がありました。

おじさんはその封筒を、私の手に押しつけました。戸惑っている私に「これは今の君にとっていくらあっても邪魔にならないものだ。持っていきなさい。それから、車の運転だけは十分に気をつけなさい」と励ますように言うのでした。

中には十万円入っていました。（注・約六十年前の十万円です）借用書をと申しますと要らないとのこと。私はおし戴きました。そのお金は、それから十何年も経ってから、おじさんの書いたものによって、丹羽先生からお借りしたものであるのが判り、涙にむせんだものでした。

二年ほど経って、仕事も軌道に乗り、お正月にそのお金を返しに行きました。おじさんは、私が見計らって足した利息分ははずして、元金だけ受け取られました。

丹羽先生とは、作家の丹羽文雄です。丹羽文雄は、尾崎さんの無二の親友。戦時中、上野櫻木町の家で尾崎さんが重度の胃潰瘍で吐血をした時、尾崎さんが心の頼みとしたのも丹羽文雄でした。二人は早稲田大学第一高等学院の学友であり、丹羽文雄に志賀直哉を教え、文学の道に誘ったのも尾崎さんでした。丹羽文雄は才能がありながら実家の寺に入って筆を折りかけるのですが、尾崎さんは丹羽文雄の才を惜しみ、文学の世界に連れ戻したのです。言ってみれば、尾崎一雄無くして、丹羽文雄文学は存在し得なかったことを、尾崎さんは重々承知で、丹羽文雄もまた尾崎さんに感謝しきれぬ思いを抱いていました。そんな二人の関係があり、また、当時流行作家として羽振りがよかった丹羽文雄にならば、借金を申し込んでも良いと尾崎さんは判断したのでしょう。

当時の尾崎さんは、三人の子どもたちの大学進学もあり、父を経済的に援助する余力などなかったはずです。が、なんとかして助けようと、文士の流儀を発動し、困った時はお互い様のお金や人脈のやりとりを、父にまで広げてくれたのです。

両親の結婚

私の誕生日と両親の結婚記念日は、同じ五月二十一日です。結婚してちょうど一年後に生まれたのが私でした。だから母とは、「お誕生日おめでとう」「結婚記念日おめでとう」とお祝いし合っていました。

父と母は、義理の従兄妹《いとこ》です。母の父である佐一さんと父の父・林平さんは、伊豆の牧之郷でご近所づきあいする間柄でした。林平さんの家は、父を引き取ったエンゾウさんと二人兄弟で、田舎としては子どもが少ないことから、子沢山の家の末の方だった佐一さんを引き取ったのです。佐一さんは、私にとっては唯一の「おじいちゃん」で、孫には好々爺《こうこうや》そのものでしたが、実は幼少期から始まる波乱万丈な人生を過ごした人で、素人ながら自伝的エッセイがおもしろく、居住していた静岡県伊東市のコンクールで何度か市長賞を受賞していました。

それはさておき、つまり父と母は幼い頃から知る仲で、苗字も同じ山下でした。しかも、父の妹と私の母はほぼ同い年で、なんとしたことか二人とも名前を雅子と書くのです。ただし読み方は、父の妹は「のりこ」、母は「まさこ」。もしかしたら、その名前の符合が、父と母の縁だったのかもしれません。父は、妹をとても可愛がっていたのです。

「うちのおふくろが妹と同じ服を縫って、伊東に送るんだよね」とは父の遠い記憶です。伊豆半島にある伊東は、私たち世代には「電話はヨイフロ」のCMでお馴染みの「ハトヤ」がある東伊豆の温泉地。温暖で山海の美味に恵まれ、海水浴と温泉が楽しめる土地柄ゆえ、戦前、父の家族は休暇を利用してよく出かけていました。そうすると、二人の「雅子」は同じ服を着て仲良く遊び回り、父はそんな二人を「よく見間違えていたんだよ」と笑います。そういえば、父の母の久子さんと尾崎夫人の松枝さんも、お揃いの服を着ていて、父が二人をよく見間違えていたことを前に書きました。また、ある夏伊東に滞在した時、「お母さんにさ（私の母のことです）トビヒを感染《うつ》されたことがあって、なぜかその時に、この子と結婚するかもしれないなあと、思ったんだよ（笑）」。

父と母が再会したのは、父が高校を卒業し、東京に戻ってからでした。父は父で、母は母で、青春時代を謳歌《おうか》していましたが、蒲柳《ほりゅう》の質《しつ》だった母のお見合い破談がきっかけで、伊東の祖父母が、父と母をつないだようなのです。父にとってはまたとない話だったと思います。昔馴染みの親戚と、婚姻により縁が深まるわけですから。もし父の両親が生きていたら、こんな縁談はきっとなかったことでしょう。

以下、父が書いた『思い出の記　故・尾崎一雄おじさんの一年祭』を引用します。

話はその年に戻りますが、四月に入ったころ、独身では信用に差し障りがあると言う人がいて、急いで身を固めることにしました。お嫁さんは自分で見つけてきましたが、相手方が、仲人は尾崎先生にお願いできないだろうかと言うので、私は電話で仲人の依頼をしました。電話口に出たおじさんは、すぐ引き受けてくださいました。嫁になる人を連れて挨拶に行くべきだけれど忙しくて、と伝えると、「その必要はないよ」と言ってくれて、結局、結婚式場で仲人さんと花嫁が初めて会うといった結婚式でした。この辺のことは、おじさんの『仲人について』に詳しく書かれています。こんなふうに、私の人生の転機にはおじさんが必ず関わりを持ち、必ずと言ってもよいほど、作品を通じて私に声援を送ってくれました。

というわけで、尾崎さんの作品『仲人について』より。

極く最近、五番目の仲人をした。この文章の初めの方に出てくる山下林平さんの次男昌久君夫妻のを相つとめた。

この後に続く文章で、父の家族との関係や、東京大空襲で山下一家が全滅し、父一人が学童疎開で助かったこと、尾崎さんの妻・松枝さんが場合によっては山下一家と運命共同体になったかもしれない話などが綴られます。そして……。

その山下昌久君が先月（五月）中旬結婚式を挙げたとき、私共夫婦は仲人として上野精養軒まで出かけた。彼の仕事の方の協会の理事長とか、いろいろその方で偉い人たちが列席して、堂々たる披露の宴が張られたのには驚いた。余計なことながら、（これは随分かかるだろうな。費用が大変だろう）などと内心気にしたほどだ。

この仲人は、昌久君が電話で頼んできたとき、直ちに承諾を与えたのだった。諸般の事情から、私が引受けるのが、彼のため一番適当だろう、と判断したからである。これは否も応もないのだ、と観念した。

諸般の事情とは、父が戦争孤児であることや、父が東京に戻って尾崎さんと再会した後の親しい付き合いなどのことなのでしょう。が、ここまで書いていて、私はふと気づいたのです。父の文章には四月に入ったころお嫁さんを見つけた、とあります。結婚記念日イコール結婚式を挙げた日ですので五月二十一日。これが正しければ、たった一カ月ちょっとで結婚式を決めたことになるのです。不審すぎる、と父に尋ねると、「僕も独立したばかりだし、結婚式は挙げないつもりでいたんだけど、お母さんがやっぱり式を挙げたいっていうから、大慌てで式場を予約して、おじさんたちに仲人をお願いして、親戚や仕事関係の人に招待状を出したんだよ」とは、初めて聞く話でした。

とにかく五月に式を挙げようと、あちらこちらの式場に電話をして、唯一空いていたのが上野精養軒で、しかも朝の十時開宴のみ。伊豆の親戚のことを考えると、かなり無謀な設定でしたが、父はエイヤッと決めてしまったのです。「生バンド付きでね。でも、ご祝儀のことなど計算に入れて、なんとか大丈夫だろうと踏んだんだ」。尾崎さんは堂々たる披露宴に少々肝を冷やしていましたが、父は父でちゃんと計算が成り立っていたのでした。

そんな感じのドタバタだったので、父が書いているように尾崎夫妻と母は、式場で初めて顔合わせをすることになります。母の印象を「背の高い、美しい娘だった」と記しています。きっと、

『仲人について』が発表された時、父はその部分がうんと自慢だったのではないかと想像します。

生涯五組の仲人をした尾崎夫妻の最後が私の父母でした。では最初は、といえば、戦前、上野櫻木町時代に、父の両親が姪っ子のオキョウちゃんを尾崎さんの後輩の嫁に、と頼み込み、その流れで仲人を引き受けざるを得なくなった、と『仲人について』の中で面白おかしく書いています。そんなこともあったから、きっと父から仲人を頼まれた時、尾崎さんは（不思議な縁だ）と感じたに違いありません。

ところで両親の結婚披露宴の写真の中に、ウエディングケーキ入刀のシーンがありました。へえ、もうこの頃から？　と思ってちょっと調べてみたら、西洋スタイルのこの儀式は明治時代に入ってきたものの定着せず、一般に広がるきっかけは、[48]石原裕次郎《いしはらゆうじろう》の結婚式だったとか。時は一九六〇年（昭和三十五年）十二月二日、日活国際会館にて。ちなみに、うちの両親の結婚披露宴は、同年の五月二十一日です。おお、裕次郎に先駆けて！　「精養軒から勧められたと思うんだけど、僕も流行りを先取りするのが好きだったんだな」。もちろん、九段重ねの一メートルという裕次郎&まき子の大きなケーキにははるかに及びませんけれど、なかなかモダンな結婚披露宴だったのでしょう。

新婚生活

尾崎さんの『大吉の籤』という作品に、父が独立して仕事を始めた頃のことが書かれています。大体の作品では山下昌久君、と本名で登場する父でしたが、この作品は例外的に仮名となっています。たまたま尾崎さんが、旅先の食堂で引いた籤《くじ》（昔、よくありましたよね、灰皿兼用のおみくじ。十円入れると小さな巻物状のくじがコロン、と出てくる）が大吉で、お福分けした三人の男性が揃って幸先いいスタートを切ったものの、二人は残念な顛末《てんまつ》となり、あと一人の父はどうなるか、というような展開で、本名で登場させづらかったのでしょう。お福分けの三人はA君、B君、そして父はC君となっています。

晴れて独立した父は、世間の信頼のためにも結婚したほうがいいというアドバイスなどもあって、幼馴染で義理の従妹の母と結婚しました。新婚旅行は箱根で、きのくにや旅館に宿泊。創業一七一五年（正徳五年）の由緒ある旅館で、ウェブサイトをのぞいてみたところ、勝海舟、明治天皇、志賀直哉らが宿泊している名宿です。

そういえば、小学生低学年の時の夏休みに、家族できのくにや旅館に泊まりました。伝統建築の古式ゆかしいその旅館にゲームコーナーなど当然なくて、子どもには退屈な場所でしたが、父と母にとっては思い出の場所だったのです。

父と母は、文京区の千石《せんごく》に部屋を借り、生活を始めました。旧町名は西原町《にしはらまち》。一九六七年には消滅した町名です。文京区は旧町名で町内会があるので、今も名前は残っていて、都営三田線の千石駅と巣鴨駅の間くらいでしょうか。独立をして、結婚して、と世間的には順調に見えましたが、「お金がなくてねえ、本当に困ったんだよ」と父は言います。休日、「外出しよう」という母に、「お金がないんだよ」と父がしょんぼりと言うと、「私が持っているから大丈夫」と言うので、それならば、と信濃町まで電車で出かけて、外苑まで歩き、当時流行りだったラーメンを食べ、さあ帰ろうということになったら、母が「もうお金ないの」。仕方なく、歩いて家まで戻りましたが、信濃町から千石は結構な距離があります。家に戻るなり、しゃがみ込んでしまうほど、疲れ切ってしまった二人でした。なんだか尾崎さんの芳兵衛シリーズに出てきそうな逸話です。「お母さんにとって、どの程度の金額が、お金がある、なのか、不思議だったよ。以来、お母さんの、お金がある、は信用しないことにしたよ（笑）」。そんな楽天的な母だからこそ、父と苦楽を共にできたのではないかと思ったりします。

父には、新しいデザインを生み出すアイディアがあり、勤め先ではヒットメーカーでした。他の人が思いつかない行動に出ることが少なくなく、またそれが功を奏したのですが、独立となると、話は違います。商売は素人ですし、修業先の職人さんを引き抜くわけにはいかず、寄せ集めで始めたものの、売れるクオリティにするには難しかったのです。父の取引相手は、修業先の袋物製造卸の会社でしたが、最初のうちは「買い取りたいけれど、こんな出来じゃ無理だなあ」と戻されることが続いたそうです。

間もなく母は妊娠、結婚のちょうど一年後に私が生まれます。予定日は六月八日でしたが、私の首にへその緒が二巻き半していることが判明し、五月二十一日に、急遽帝王切開をすることになりました。私は仮死状態で生まれたと、子どもの頃から何度も聞かされてきました。無事育っているだけでも、儲けものらしいと、なんとなく自覚して育った気がします。「体の半分くらいが紫色でね。こっちは動物の世話をしてきたから、なんとかなると、とにかく何時間もマッサージをしてね。やっと産声をあげたんだよ」。お医者さまは半ば諦めていたといいます。私は父が育てた牛や豚や鶏の延長線上で生を得たのでした（父曰く、「いや、修善寺では子守もしてたから、慣れてたんだよ」とのことでしたが、蘇生術は、家畜から学んだに違いありません）。

私が生まれたこともあり、千石から引っ越しをすることになりました。今の家から徒歩で十分くらい離れた場所で、鎌倉町と呼ばれていた土地でした。葛飾区になぜ鎌倉があるのかを調べたこともなかったのですが、葛飾区史によれば、「近世の新田村。『新編武蔵』に、『昔相州鎌倉郡ヨリ源右衛門トイヘルモノ。来リテ開發セシユへ。此名アリト云』と明記されている。また村内から曼茶羅《まんだら》が掘り出されたため、曼茶羅村の別名もあった」とあります。車の走る通りから鉤《かぎ》の手に曲がった路地のどんつき手前にあった家のことは、けっこう鮮明に覚えています。借地の建売りの家でした。

父には、この前後に転機がありました。「当時、一流の袋物製造業は一流の口金《くちがね》職人を抱えていたんだけれど、僕はそれが確保できない。それならと、開き直って、ガマ口の親分みたいなものをつくったんだ」。仕入れ先の担当の人は、見たことのないそのバッグに「何だい、これは?」と首を傾げつつ、でもちょっと面白みを感じたのか「まあ扱ってみるか」との返事。「何か名前がないといけないね」と言われて、父は考えました。「そのころ、車のスバルのコマーシャルソングが流行っていてね。出がけにお母さんが口ずさんでいたんだよ。スバルスバルスバル、スバラシー、スバルスバルスバル、ステキダナー、って」。スバル360、愛称てんとう虫。あの車のCMソングのようです。「車のキャッチコピーが、セカンドカーだったんだよね」。そこでふと「セカンドバッグ、ではどうでしょう、と提案したんだ」。そんなわけで無事に扱ってもらえることになったのです。

とはいえ、すぐに注文は来ませんでした。「だからさ、その分、子育てができたんだよ」。産後の肥立ちが悪い母に代わって、私の子育ては父が受け持っていたのです。が、やがて、このセカンドバッグが大ヒットしてしまいます。まとまった数の注文が入り、父は不眠不休で仕事をして、ようやく生活の目処が立ったのでした。その間には、尾崎さんが資金面で支えてくれたことも大きな助けとなっていました。『大吉の籤』には、以下の一文があります。

「しょうがありませんね。これでCさんの仕事が失敗だったら、大吉のくじも形無しじゃありませんか」と妻がひやかした。

「C君がしくじるか成功するか俺には判らない。しかし、彼にはやる気がある。それだけははっきりしているからいいさ」

一九六〇年（昭和三十五年）の作品ですから、ちょうど父が悪戦苦闘している頃。きっと尾崎さんは気がかりに思いながらも、父を信頼してくれていたのでしょう。
また、同年の作品『仲人について』には、父についてのこんな一文があります。

昌久君は、私の家を非常に心易く思うらしく、時々やってくる。そしていろいろ愚痴をならべたり、かと思うと自信あり気に抱負を述べたりする。私はうちの長女と長男の丁度間の年頃の彼を見ると、どうも未だ一人前に扱う気になれず、自分の子供に向って云うような注意を与えたりするが、実のところ、彼のやっている仕事に口出しする資格は無いのだから、私の云うことが何かの足しになろうという自信はない。ただ、うまくいくことを願っているだけのことである。

両作品を読んだ当時の父は、どれほど励まされたことか。尾崎さんが父のことを度々描くのは、小説の題材として好適だったところもあったでしょうけれど、何かしらの形でエールを送り続けてくれたのだと感じます。

結婚し、私が生まれてからは、家族で尾崎家を訪ねるようになりました。父が一人で行くこともあったようですが、私たちは夏休みか、年末か、年始か、そんな時に行っていたと思います。不思議なのですが、私は尾崎家で飼っていたボンというスピッツを記憶しています。すごく吠える犬で、遊び相手にはなってくれなかった、と。確かに尾崎家にはボンという犬が存在していました。『五郎とボン』『ボンの死』などの作品もあり、ボンの名の由来は、家族で名前を考えている時にちょうどラジオから「ボン発共同」と聞こえ、尾崎さんがこれだ、と提案したことからで、しかも家人以外の人には吠える犬だったそうです。

ところが改めて調べてみたところ、一九五九年（昭和三十四年）にボンは死んでいるのです。なぜ私がボンのことを知っているのでしょうか。父に尋ねたら、怪訝《けげん》な顔をされてしまいました。もしかしたら松枝さんが、そんな犬を飼っていた話をしてくれたのかもしれません。

ボン、という名前で思い出しました。尾崎さんがボンタンアメを手にして、「このお菓子はね、蛇の血でできてるんだよ」と子どもの私をからかったこと。箱にみかんの絵が描かれているのに、蛇の血？　言わんとする意味を理解しあぐねながらも、以来ボンタンアメを食べるたびに、これって蛇の血の味なのかな、と思うのでした。

俳句と囲碁

二〇二〇年（令和二年）二月、私と夫は父の住む家の隣へと引っ越しました。もともとは父が営んでいた会社の建物で、木造モルタルの築五十年超の家をリフォームして住んでいます。五十数年前、この場所に移ってきた時は、私は幼稚園の年長組でした。それまで自宅と父の仕事場は歩いて十分ほどの距離があり、引っ越しにより職住超接近となりました。同じ葛飾区の、徒歩圏内の引っ越しでした。

住宅は平屋で、会社の建物は二階建て。というのも、引っ越し前の鎌倉町の家で、私は階段から十回以上も落ちていたため、母が二階建てを反対して、幼い私も同調して反対したらしいのです。二階から一直線に滑り落ち、軽い脳震盪《のうしんとう》を起こして畳の上でしばらく半気絶状態、ふと気づいたら西の空が赤かった映像が今も頭の中にうっすらと残っています。ぼーっとしているくせにせっかちで、その二つが噛み合わない。これは生来の性質のようです。あれから幾星霜《いくせいそう》、二階屋暮らしになりました。大人になってからも何度か階段落ちをしていますが、近年、階段落ちは命に関わるので、用心深くなりました。

引っ越しした当初、家の前は田んぼと畑でした。梅雨になるとアマガエルがサッシの窓にびっしり張り付いて大合唱で驚きましたが、昭和の高度成長期、年々土地は造成され、田畑は急激に減っていきました。父も土地を買い広げ、会社の建物も増築、増棟し、それは世の中の動きを体現しているような姿でしたが、その途中、神奈川県に移転する計画があったことは、父が書いた文章を読むまで知りませんでした。その一節を引用します。

その後、なんとか仕事のほうも軌道に乗って、昭和四十二年の春、法人組織に改めました。その折ももちろん、おじさんから出資を仰ぎ、以来今日までおばさんが私どもの社外重役になっています。そして年の暮れには配当金を持って下曽我にうかがいました　ここで、仕事に関連したエピソードをひとつ報告します。

昭和四十三、四年頃、東京を引き上げて小田原で千坪くらいの土地を求めて工場を建てるという話が持ち上がり、土地の物色が始まりました。なぜ小田原かといえば、家内の父がその十年ほど前から小田原で仕事をするようになっていたからです。

土地の価格と広さの折り合いがつかず、だんだんと小田原の市部から遠ざかり、なんとか折り合いのついた場所が、下曽我の隣町、千代小学校の南西七～八百メートルくらいのところでした。購入の下話をしての帰路、報告かたがた下曽我に立ち寄りました。するとおじさんは、「地所を買うのなら、少しでも広いほうがよいだろうから、僕が地続きを百坪分買い足すから、君が自由に使いなさい」と、資金を出してくれることに決まりました。日を改めて家内の父と一緒に車でうかがい、おじさんを連れて、その地所を見てもらうことになりました。

おじさんは、到着しても土地にはたいして目もくれず、みかん畑の畔にあざみの花を見つけ、ボウの切れ端を探し出して、その株を無心に掘りはじめました。私たちが帰ろうとすると、そのあざみを根っこごと掘り出し、車に積んであった新聞紙で根っこを大事そうに包んで家に持って帰りました。

その土地は、当時厳しくなる一方の不動産投機と環境破壊を抑えるためにできた法律で、調整区域に指定され、所有権の移転が不可能となり、しばらくごたごたした後に、手付け金を相手側から返済してもらい、元の木阿弥になりました。

おじさんの手付金も相手方に渡してあったので、迷惑を掛けてしまったのですが、そんなときもおじさんは「二十歳くらいの時、この辺の土地をそれこそ今のお金にしたら何億にもなる物を売り払ってしまったくらいだから、そのくらいのことは何とも思ってないから気にしないように」と、勇気づけるのでした。

近くへ引っ越せるという望みも、その後、仕事の方が少しずつ難しくなって果せなくなり、今に至っています。

うまくいかなかったけれど、この時期の父はきっと希望に満ち溢れていたのだと感じます。会社が軌道に乗り、拡大していく中での移転計画、しかも大好きなおじさんの近くに行けるかもしれない。そんな父の気持ちを受け止めた尾崎さんの親身な対応にも驚かされます。それにしても、買う土地の視察をしながら、あざみの移植に夢中になるのは、草木樹を題材とする作品の多い尾崎さんならではの風流で、もしかしたらその日のことを俳句に詠んでいたかもしれません。というのも、尾崎さんは若い頃から俳句を嗜《たしな》んでいて、代表的な句は色紙や贈呈本に記してもいました。実家の応接間にも、そんな尾崎さんの色紙が飾られていたため、左二つの俳句は、芭蕉や一茶の俳句より身近に感じてきました。

木枯らしや一本の道はるかにて

みかん熟るゝ香に包まれてふるさとへ

片や厳しく、片や柔らかく。そのまま尾崎一雄という文士の生き様を示す二句に思えます。

俳句ともうひとつ、尾崎さんが生涯親しんでいたのは囲碁《いご》でした。中学生時代にいやいや父親の相手をさせられたのが最初だと『もぐら随筆』の中の「碁のはなし」にあります。一九三九年（昭和十四年）には、文人圍碁會なるものが結成されていて、尾崎さんら文士（[49]川《かわ》端康成《ばたやすなり》も！）、評論家、ジャーナリストなど約三十人が主メンバーでした。この碁友たちとの対局や、碁にまつわる描写は小説や随筆に多くみられますが、実は私の祖父や父の碁の腕前に言及している作品もあります。

父の家族のことを描いた『山下一家』には、祖父・林平さんが訳あって尾崎さんに碁の指南を乞う一節があります。実力に差があり、尾崎さんの相手にならない祖父でしたが、碁を口実に相談を持ちかけたのでした。

（前略）山下林平氏と私とは、五六子も手合いが違ふので、氣の毒と思つてか或ひはつまらぬせゐか、向うから碁のことを申込むことは滅多になかつたのである。山下氏は殆んど毎晩といつていい位、近所の碁會所へ出かけ、自分に手頃の相手を探しては碁を樂しんでゐたのである。

一方、父の碁の腕前は『仲人について』にあります。尾崎さん不在中に新婚の私の両親が尾崎邸を訪ね、父が「碁が打てなくて残念」と言いつつ辞したと松枝さんが電話で伝えています。父は尾崎さんと再会後、しばしば尾崎邸を訪ねては、対局していたようなのです。

「俺が居たら碁を打って、嫁さんにいいところを見せるつもりだったろうよ」（中略）昌久君の碁は日本棋院三段である私に四子ぐらいだから、亡くなった親爺の林平さんよりはるかに有望だ。筋もいい。いつの間に覚えたのかしらん。

父は時折「僕の人生は囲碁に助けられたよ」と言います。父の碁は、尾崎さんのように父親の相手をさせられて覚えたのではなく、戦争孤児となり、親戚に引き取られた修善寺時代に大人たちが対局する様子を眺《なが》めるうち、打てるようになったといいます。芸は身を助く、ならぬ、囲碁は身を助く。父は東京に戻ってからの人生で、大切な人たちと碁を通して信頼関係を深めました。尾崎さんとも囲碁という共通の趣味があったことは幸運で、父は対局後の休憩時に、雑談を通して尾崎さんから多くを学んだと回想します。

そんな尾崎さんの形見である碁盤が、父の手元にあります。これはちょっと曰く付きのものなのです。かいつまんで説明します。

『人生劇場』で知られる作家の尾崎士郎、フジサンケイグループの土台を築いた実業家の水野《みずの》[50]成夫《しげお》、そして尾崎（一雄）さんは三羽ガラス的な大親友であり、三人で『風報』という同人誌を発行していました。一九六〇年前後のことで、当時の水野成夫は産経新聞の社長。一九六〇年（昭和三十五年）の六月には、産経新聞で尾崎士郎による『新・人生劇場』の連載が始まります。最初の『人生劇場』青春篇は一九三三年（昭和八年）の都新聞連載で、没年は一九六四年(昭和三十九年)なので、ほぼ生涯かけての長編です(登場人物はすっかり変わっていますが)。ところが、急性腸閉塞による緊急入院と手術のため連載早々で降板（全ての執筆をストップしたと、『尾崎士郎書簡集』に記載）、水野成夫からのたっての願いで、尾崎さんがピンチヒッターとして連載を執筆することになるのです。連載は、『とんでもない』というタイトルで、なんとうちの父が主人公。ただ、急な話だったことや、新聞小説というものが尾崎一雄流に合っていなかったのか、この作品は単行本にはならず、全集にも見当たらず、かろうじて年表に作品名だけが残っています。

どんな筋だったのか、何がとんでもなかったのか、ちょっと読んでみたい気がします。ともあれ、新聞連載小説の穴埋めを快く請け負ったことへの感謝から、水野成夫は尾崎さんに碁盤を贈呈。そんな事情を知る松枝さんが、形見分けとして父に託したのでした。

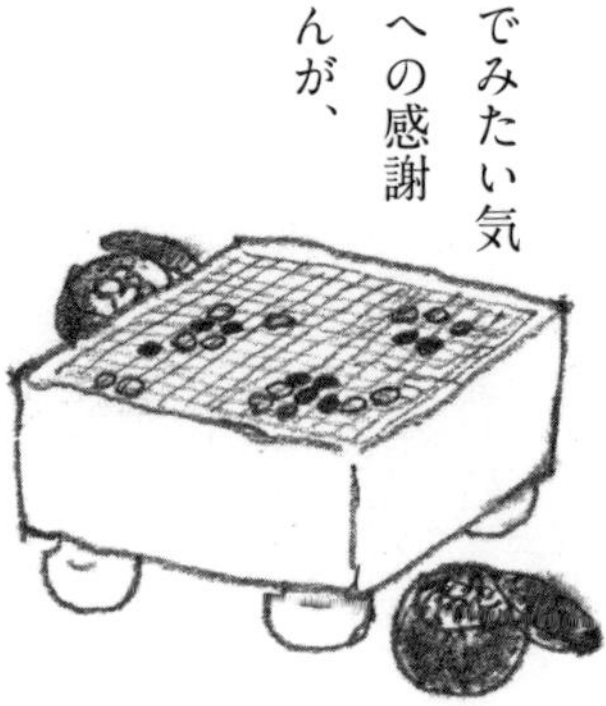

文化勲章受章

二〇二〇年（令和二年）という年は、全世界が不安に包まれる一年でした。文明が高度に進んだかに見えた私たち人類の非力を見せつけられ、身を護り、心折れず、生き抜く術を試され続けています。この期間、尾崎さんの作品をいくつか読み直したのですが、もし今の世に尾崎一雄という文士が生きていたら、どんな言葉でこの状況を表しただろうかと思ったものでした。戦後の尾崎さんは、少なからぬ作品を通して、行き過ぎた科学万能主義に警鐘を鳴らしていました。機械文明、合成農薬、核エネルギーなどについて触れては、「原始に返れと言っているのではない。さかしらもほどほどにしたらどうか、と言うのだ」と苦言を呈するのです。また、今から五十年前の随筆作品『ゆっくり往こう』では、「今年は一九七一年で、切りがいいから、これまでのおとな気ない西洋流まる呑みをやめ、日本人本来の自然観に戻るべきだろう。それを切望する。住むに堪えない国になったら、いくら金があっても仕方ないではないか」と、まるで今日を予言するかのような一文を残しています。自然というものは人間などが制御できるスケールではない、と隠居風情を装いつつ、鋭い視線で世の中を見つめる人でした。

戦前戦後にわたる小説家としての功績を讃え、尾崎さんは、一九七九年（昭和五十四年）秋の叙勲《じょくん》で文化勲章を受章。翌年の三月二十七日には、虎ノ門のホテルオークラにて祝賀会が催されました。父、母、そして私たち姉妹二人もご招待を受けましたが、ホテルのパーティなんて初めてだった高校生の私の記憶に残っているのは、『尾崎一雄君を祝う会』という横断幕の「君」という表現に、（文士のお祝い会ってカジュアルだなあ）と感じたことと、花束贈呈した檀《だん》[51]ふみ（盟友である作家・檀一雄《だんかずお》[52]の娘で赤ちゃんの時から知っている、という縁。当時、慶應義塾大学卒の知性派女優として人気でした）がすらりと細く美しく、会場で唯一判別できた作家の狐狸庵《こりあん》先生こと遠藤周作《えんどうしゅうさく》[53]（ゴールドブレンドのＣＭで見知っていた）が、思いがけず長身だったことくらいです。が、父にとっては、感無量の叙勲でした。父の書いた『思い出の記故・尾崎一雄おじさんの一年祭』から引用します。

> おじさんが七十歳になったとき、勲三等の叙勲をお断りになりました。その折、私に「八十になって文化勲章ならもらうのだけどね」と笑って話していました。私にはその記憶があったので、おじさんが八十になる春にうかがったとき、「もう八十になるのですから文化勲章もらえますよ」と十年前の話を持ち出すと、「あのときは、八十まで生きられっこないとおもっていたからそう言ったまでで、僕がもらえるはずない」と返されて、がっかりしました。
> だから、文化勲授章のニュースは私にとっても生涯の快挙でした。一、二カ月は仕事も上の空でした。
> でもその頃から、私は少しずつ淋しくなってきていました。自分だけのおじさんではな

いことに気づいたからです。私は遠慮していこうと思うようになりました。
尾崎さんは、そんな父の気持ちに気づいたのでしょうか。少なくとも父は、そのように感じたようです。

そんな私を見透かしたように、テレビ局からゲスト出演の話が持ち込まれ、喜んで引き受けました。番組は、『人に歴史あり　尾崎一雄』でした。

この番組について簡単に説明します。『人に歴史あり』は、一九六八年（昭和四十三年）から一九八一年（昭和五十六年）まで放送された東京12チャンネル（現・テレビ東京）の長寿番組で、日本を代表する著名人を毎回一人取り上げ、本人や関係者の証言やインタビューを通して人物の輪郭を描いていくような構成でした。インタビュアーはアナウンサーの八木治郎《やぎじろう》[54]。テーマソングに乗って「人の世の潮騒の中に生まれて、去り行く時の流れにも消しえぬ一筋の足跡がある。今日は○○さんの歴史を振り返ってみたいと思います」というナレーションが古式ゆかしく印象的でした。

録画の当日、勇んで東京12チャンネルのスタジオへ行きました。スタジオに入ると、おじさんはもう来ていました。同じくゲスト出演なさる阿川弘之先生と稲垣達郎先生に、私を紹介しました。「この人とは、四十年来の付き合いで」から始まり、「この人の親とのつき合いから始まったことです。私は人との付き合いが不器用なので、範囲を狭めて深く付き合うようにしているのです」と説明してくれました。

録画はリハーサルなしのぶっつけ本番でした。撮影用のライトが急に前にせり出してきて、目の前が一瞬真っ暗になり、すっかり上がってしまい、何か勝手の違う話をしてしまった、そんな悔いある思いで、私はスタジオから下りてきました。体は冷や汗でぐっしょりでした。

テレビ局の出口に車を置いた阿川先生が、下曽我まで送りますから乗ってくださいと、おじさんをうながしています。私はおじさんの背後にいて、その成り行きを見守っていました。テレビの出演は大失敗だったし、このままおじさんに去られたら辛いな、と思っていました。

するとおじさんは「僕は帰りは電車にする。それにこの二人も送っていきたいし」と一枝ちゃんと私を指差しました。三人で局が手配したハイヤーに乗り、東京駅につけてもらいました。おじさんは「まアちゃんも一枝もまあ立派だったよ」と慰めてくれました。東京駅の日本食堂で乾杯をして、おじさん、一枝ちゃんと別れました。

知人が番組を観て、山下さんとお話ししているときの先生のお顔がにこにこしていて、とても嬉しそうでしたよ、と言ってくれたのが、せめてもの救いでした。

当時は、一般人がテレビに出るのは大事件でした。私たち家族も晴れがましいような恥ずかしいような気持ちでテレビの前に座ったことと思うのですが、あまり記憶に残っていません。画面の中の父と同様、ドキドキで、ドキドキしすぎて記憶が飛んでいるのかもしれません。

それにしても立派なゲストの中に、父が加わっていたのだなあと、改めて驚かされています。作家の[55]阿川弘之《あがわひろゆき》は、[56]阿川佐和子《あがわさわこ》のお父上という方がわかりやすいかもしれないのですが、尾崎さんと同じく志賀門下の最後の弟子で、生前から尾崎さんが葬儀の司会と名指ししていた関係。また日本近代文学の研究者である[57]稲垣達郎《いながきたつろう》は早稲田大学時代からの長く深い文学の同志で、お二人は文士・尾崎一雄の輪郭を描く役割だったのでしょう。一方、長女の古川一枝さん（妻の松枝さんが多忙で代理出演だったそうです。松枝さんはフィルム出演）と父は、人間としての尾崎一雄を語る役割を担ったのだと思いますが、父を指名した尾崎さんの愛情に、今更ではあるのですけれど、感謝しても感謝しきれない思いです。他にいくらでもふさわしい人がいたでしょうに……。

父というもの

一九八三年（昭和五十八年）、三月三十一日。その日の尾崎さんは、同月一日に逝去したばかりの[58]小林秀雄《こばやしひでお》を特集した『新潮』四月臨時増刊号を隅から隅まで読んでいたそうです。小林秀雄も、尾崎さん同様に、志賀直哉の門下であり、志賀直哉を敬愛してやまなかった人でした。それゆえ、尾崎さんの失意はひとかたならぬものでした。

夜になり、尾崎さんは体調の異変を感じて、習慣になっていた晩酌《ばんしゃく》（一週間でサントリーオールドの瓶を一本空けるペース）を控えるのですが、夜九時頃には心臓が苦しいと訴え、躊躇《ちゅうちょ》の

後にかかりつけの医者が呼ばれ、脈拍を取っているうちに症状が急変、救急車で運ばれたものの、病院へ到着するのを待たずに呼吸停止。

夜十時四十分、享年八十三歳でした。

青年期と壮年期に、二度の大病を経験、病や死の影と二人三脚しながら生き抜いてきた人としては立派な大往生《だいおうじょう》に違いなく、ただ、兆候のないまま突然訪れた死でしたから、家族を始め、多くの人が驚き、別れを惜しみました。一年後に出版された『尾崎一雄 人とその文学』（永田書房）には、交流のあった文壇諸氏の追悼の文章が収められ、その稀有《けう》な人柄や作品を愛しむ言葉の数々に、最後の文士と呼ばれた尾崎さんの人物の大きさと文学的功績を再確認させられます。そして、今再び、尾崎文学を世に広められたなら、という思いに駆られています。

葬儀は、友引を避けて四月三日に。尾崎家が代々神官を務めた宗我神社境内での告別式は、尾崎さんが生前に名指ししていたとおり、葬儀委員長・丹羽文雄、司会・阿川弘之により執り行われました。五月を思わせる爽やかな晴天でした。

そう、あの日は晴天だったと何人もの追悼文に記されていて、私は自分の記憶の曖昧さに驚いています。というのも、脳裏にあるのは今にも雨が降りそうな空が広がるしめやかな景色なのです。爽やかな陽気はどうしても思い出せません。肌寒ささえ記憶しています。もしかしたらそれは、父の大きな喪失感が娘の私に作用して、曇天《どんてん》のイメージをつくり出してしまったのかもしれません。

父にとって尾崎さんの死は、不意打ちのような出来事でした。以下、父が書いた『思い出の記　故・尾崎一雄おじさんの一年祭』から引用します。

あの夜、私は体調が悪くて、薬を飲んで早めに床に伏しました。うつらうつらしているときに、ニュースを観た知人から電話で知らせがありました。電話は家内が受けました。内容は、家内の受け答えでわかりました。私は金縛りにあい、起き上がることができません。続いてほかからも連絡がありました。でも起き上がれなかった。こんな突然、嘘だ！嘘であってほしかった。

父の中では、尾崎さんはずっと自分の身近にいてくれて当然のような存在になっていて、まさか突然居なくなってしまうなど、信じられぬ思いでした。そしてしばらくは仕事も手につかない状態が続きます。

私には二人の尾崎一雄が居りました。一人はあまりにも突然この世を去りました。でも、もう一人は私の体の中で生き続けています。でも、おじさん！　おじさんのことを思い出すと、目頭がすぐ熱くなります。が、しかし、その後体中が熱っぽくなって、頭ががんがんしてきます。もう一年になるのに、同じ状態です。（中略）

私は昭和二十年三月に孤児になったはずです。しかし、おじさんを失ってみて、自分は孤児ではない、少しも孤独ではなく、おじさんに頼り切っていたことに気づいて、内心あわてています。確かに十一歳で孤児になり感情的な悲しさはいくらでもあったのですが、まだ自分ではちゃんとものを考えられていませんでした。そして、ようやく少しずつ自分でも考えがまとめられるようになったころ、子どものときにできてしまった心の空白を、おじさん、おばさんが埋めはじめていました。今やその空白は、すっかり埋まってしまっています。

東京大空襲で家族を失った父が、心の支えとしてきた親以上の存在、それが尾崎さん夫妻でした。が、父には遠慮もありました。幼馴染《おさななじみ》でもある尾崎家の三人の子どもたちにとって父はどんな存在だったのか。

こんな私の存在は、一枝ちゃん、鮎雄ちゃん、圭子ちゃんにとって迷惑なはずです。おじさん、おばさんを思う気持ちが深ければ深いほど……。私は、大声を上げて泣くことはできないのでしょうか、そんなことを繰り返し思ってきました。おじさんの心は、あまりにも大きくて深いものでした。私はおじさんにお礼の言葉を言えません。言葉では言い表せないのです。それでも、なにかお礼の言葉を探そうと一生懸命になっても、頭が痛くなるだけです。

尾崎さんの一年祭を前に、夫人の松枝さん肝入りで開かれた「故・尾崎一雄を偲ぶ会」は、生前尾崎さんが多くの友人知人をもてなした小田原市内の旅館、国府津館を会場に、参加者は、尾崎家の人々と尾崎さんとごく親しかった二十四人（文士仲間は除く）という、少人数の会でした。父は、松枝さんに請われて、尾崎さんとの出会いから始まる思い出を話すことになりました。松枝さんに何度か目を通してもらいながら書き上げた原稿を皆の前で読み上げ、後日、神奈川県西部及び静岡県東部エリアの地元紙である神静民報に、四回に分けて掲載されました。

尾崎さんの死後も、父は年に何度か松枝さんを訪ね、思い出話に花を咲かせました。ある時父は「おじさんは、僕の頼みを一度も断ったことがなかったなあ」と長年不思議に思っていたことを口にします。すると松枝さんは父を見つめて諭《さと》すように言うのでした。

「まアちゃん、それが父というものよ」

それにしても、尾崎一雄という文士と、ある一時期、お向かいの子どもであったというだけの父と、なぜかくも絆が深かったのかと、私は考え続けてきました。

東京大空襲の夜、上野櫻木町から深川へと引っ越した山下の家に、立ち寄れば泊まることになるからと、東京から神奈川県の下曽我にある自宅に直帰して命拾いした松枝さんが、尾崎家の存亡を分けたことは確かで、病に伏した尾崎さんにとって松枝さんは命綱でした。また、尾崎さんが生来持っている理不尽な運命というものへの憤《いきどお》りも、父を不憫《ふびん》に思う気持ちと重なったとも考えられます。

尾崎さんの処女作『二月の蜜蜂』にある一文は、尾崎作品に通底《つうてい》するものを表徴《ひょうちょう》しています。二年前に父親を亡くした若き尾崎さんは、胸部疾患《しっかん》のため大学を休学して実家に戻り、が、そんな体調ではあっても家の用事で下曽我から小田原へと外出せねばならなかった極寒の一月、戻る途中で、腎臓炎を患う上の妹の危篤を知らせにきた下の妹が、凍てついた雪で転び、血を出している。それに対しての独白に込められた怒り。

これは少し酷すぎる、と思つた。い丶加減にして貰ひたいものだ、おとなしくしてゐるからとて餘り莫迦にするな。（中略）だが私はその時、只腹が立つてゐただけだつた。得體の知れぬ何物かに對して、實にしん丶から腹を立ててゐたのだつた。

尾崎さんはきっと、父の運命についても同様に心の底から腹を立ててくれたのでしょう。ただ、こうして尾崎さんと父の物語を追ってきて思うのは、二人が絶妙なタイミングで再会をはたしたこともまた、大きな引力になったのではないかということです。

戦争末期から戦後にかけて、重篤な胃潰瘍に苦しめられ余命三年と宣告されていた尾崎さんは死の影とともに年月を重ね、「生存五カ年計画」を全うして、死の影から辛くも逃れ、生き続ける自信を手に入れました。一方父は、家族を失いながらも生きねばならぬ絶望や辛苦と戦い、高校を卒業するとすぐさま東京に戻ることで新しい自分を獲得します。尾崎さんは病者として、父は戦争孤児として、ともに運命の理不尽に抗《あらが》いながら、ようやく出口を見つけた時期。暗いトンネルを抜けた後の明るい光が、きっと二人の心の中に差していて、その光がお互いを相照らしたのではないかと、そんなことを想像するのです。

今改めて、子どもの時から何度となく目を通している『山下一家』を読み直しています。その最後の一文は、鎮魂《ちんこん》の言葉であり、父にとっては魂の救済ともなったことでしょう。そのかけがえのない言葉をここに記して、尾崎一雄さんと父の物語を終わりにしたいと思います。

心がけの好い人が酷い目に逢ひ、狡い奴らがぬくぬくとしてゐる、といふ有様を見るのはまことに堪へがたいところだ。これで濟むとは思はれない、思ひたくない。だが、私などにはこれをどうするといふ力もない。せめて私に出來ることは、あの人たちは實に好い人だつたといふことを、あの人たちの立派な美しい立居振舞の數々を、心にしつかりと刻みつけ、これを溫かくやさしく、私たちが生きる日の限り、心に抱きしめて居て上げる——それだけしか私たちに出來ることは無いやうだ。さういう思ひは私を全く寂しくするのだけれど……。

父のおじさん◎固有名詞解説

1北杜夫　きたもりお（一九二七―二〇一一）
小説家。主な著書は『夜と霧の隅で』『楡家の人びと』『どくとるマンボウ航海記』など。

2ジャック・タチ（一九〇七―一九八二）
映画監督、俳優。『ぼくの伯父さん』は第三十一回アカデミー賞外国語映画賞受賞。

3網野善彦　あみのよしひこ（一九二八―二〇〇四）
歴史学者、専攻は中世日本史。主な著書は『蒙古襲来』『中世東寺と東寺領荘園』『日本中世の民衆像』『日本の歴史をよみなおす』など。

4中沢新一　なかざわしんいち（一九五〇―）
宗教史学者。主な著書は『チベットのモーツアルト』『アースダイバー』など。

5志賀直哉　しがなおや（一八八三―一九七一）小説家。明治から昭和にかけて活躍した白樺派を代表する小説家のひとり。主な著書は『小僧の神様』『暗夜行路』『城の崎にて』など。

6スカイザバスハウス　二百年の歴史を持つ銭湯をリノベーション。一九九三年（平成五年）より、国内外の現代アートを紹介するギャラリーに。

7尾崎八束　おざきやつか（一八七二―一九二〇）
尾崎一雄の父。東京帝国大学史学科卒、神宮皇學館講師。

8中村明　なかむらあきら（一九三五―）
国語学者。主な著書は『名文』『日本語の勘 作家たちの文章作法』など。

9井原西鶴　いはらさいかく（一六四二—一六九三）
江戸時代の大坂の浮世草子作家、人形浄瑠璃作者、俳諧師。代表作は『好色一代男』『好色五人女』など。

10太宰治　だざいおさむ（一九〇九—一九四八）
小説家。主な著書は『走れメロス』『ヴィヨンの妻』『斜陽』『人間失格』など。

11太田静子　おおたしずこ（一九一三—一九八二）
作家、歌人。太宰治の愛人の一人。主な著書は『あはれわが歌』。作家・太田治子の母。

12浅見淵　あさみふかし（一八九九—一九七三）
小説家、文芸評論家。第三次から第七次の『早稲田文学』に関わる。主な著作は『昭和文壇側面史』『史伝早稲田文学』など。

13大観堂　だいかんどう
古書店。現在も新宿区西早稲田に健在。尾崎一雄は早稲田大学第一高等学院時代以来、大観堂主人・北原義太郎と親交を深めた。

14井上ひさし　いのうえひさし（一九三四—二〇一〇）
小説家、劇作家、放送作家。主な作品は『ひょっこりひょうたん島』『吉里吉里人』『藪原検校』など。

15横光利一　よこみつりいち（一八九八—一九四七）
小説家、俳人、評論家。主な著書は『機械』『日輪』『春は馬車に乗って』など。

16林芙美子　はやしふみこ（一九〇三—一九五一）
小説家。主な著書は『放浪記』『うず潮』『めし』など。

17 田沼武能　たぬまたけよし（一九二九—）
写真家。木村伊兵衛に師事。代表作に『時を刻んだ貌』『東京わが残像』『トットちゃんと地球っ子たち』など。

18 田沼敦子　たぬまあつこ（一九五三—）
歯学博士、料理研究家。写真家・田沼武能氏夫人。主な著書は『噛むかむクッキング』『取り寄せても食べたいもの』など。

19 三島由紀夫　みしまゆきお（一九二五—一九七〇）
小説家、劇作家。主な著書は『金閣寺』『仮面の告白』『豊饒の海』『近代能楽集』など。

20 プルースト　マルセル・プルースト（一八七一—一九二二）
フランスの小説家。七篇の構成、総計三千ページにわたる長大な自伝的作品『失われた時を求めて』の作家として知られる。

21 澁澤龍彦　しぶさわたつひこ（一九二八—一九八七）
小説家、フランス文学者、評論家。主な著書は『サド復活』『エロティシズム』『幻想の画廊から』『高岳親王航海記』など。

22 富田常次郎　とみたつねじろう（一八六五—一九三七）
柔道家。嘉納治五郎創設講道館の最初の入門者で、講道館四天王の一人。柔道の国際普及に尽力した。作家・富田常雄の父。

23 嘉納治五郎　かのうじごろう（一八六〇—一九三八）
柔道家、教育者。講道館柔道の創始者。柔道、スポーツ、教育分野の発展や、日本のオリンピック初参加に尽力した「柔道の父」。

24 富田常雄　とみたつねお（一九〇四—一九六七）
小説家。富田常次郎の子息。主な著書は『姿三四郎』『柔』『武蔵坊弁慶』など。

25鹿島卯女　かじまうめ（一九〇三―一九八二）
実業家。鹿島建設五代目社長。一九二六年に外交官である永富守之助と結婚。

26正岡子規　まさおかしき（一八六七―一九〇二）
俳人、歌人。代表作は『歌よみに与ふる書』『病牀六尺』など。

27岩波茂雄　いわなみしげお（一八八一―一九四六）
岩波書店創業者。その人生は安倍能成著『岩波茂雄傳』に詳しい。

28児玉定子　こだまさだこ（一九一三―一九九一）
栄養学者。主な著書は『日本の食事様式 その伝統を見直す』『宮廷柳営豪商町人の食事誌』など。

29吉村昭　よしむらあきら（一九二七―二〇〇六）
小説家。主な著書は『戦艦武蔵』『ふぉん・しぃほるとの娘』『桜田門外ノ変』など。

30小林信彦　こばやしのぶひこ（一九三二―）
小説家、評論家、コラムニスト。主な著書は『怪人オヨヨ大統領』『唐獅子株式会社』『僕たちの好きな戦争』など。

31榛原　はいばら　創業一八〇六年（文化三年）、東京・日本橋にて開業した和紙小物販売の老舗。今も変わらず高い品質の和紙製品を扱う名店として知られる。

32丹羽文雄　にわふみお（一九〇四―二〇〇五）
小説家。主な著書は『鮎』『親鸞』『蓮如』など。

33高見順　たかみじゅん（一九〇七―一九六五）
小説家、詩人。主な著書は、『如何なる星の下に』『いやな感じ』など。

34円地文子　えんちふみこ（一九〇五—一九八六）
小説家。主な著書は『女坂』『朱を奪うもの』『源氏物語』（現代語訳）など。

35山田風太郎　やまだふうたろう（一九二二—二〇〇一）
小説家。主な著書は『魔界転生』『くノ一忍法帖』などの「忍法帖」シリーズや『警視庁草紙』など。

36折口信夫　おりぐちしのぶ（一八八七—一九五三）
民俗学者、国文学者、歌人（釈迢空）。主な著書は『死者の書』『身毒丸』『古代研究』など。

37山原鶴　やまはらたづ（一八九五—一九九〇）
尾崎一雄夫人松枝の十八歳年上の異母姉。日本女子大学の寮監を務めた後、雑司ヶ谷の自宅で茶の湯の指導に当たる。

38田村俊子　たむらとしこ（一八八四—一九四五）
小説家。主な著書は『木乃伊の口紅』『焙烙の刑』など。

39湯浅芳子　ゆあさよしこ（一八九六—一九九〇）
ロシア文学翻訳者。チェーホフ、ゴーリキー、ツルゲーネフなど著名なロシア文学者の作品を翻訳。

40高田郁　たかだかおる（一九五九—）
時代小説作家。主な著書は『出世花』『みをつくし料理帖』『あきない世傳 金と銀』など。

41辰野金吾　たつのきんご（一八五四—一九一九）
建築家、工学博士。ヨーロッパ風日本建築の開祖。東京駅や日本銀行本店などが代表作。

42斎藤美奈子　さいとうみなこ（一九五六—）
文芸評論家。主な著書は『文章読本さん江』『紅一点論』『文庫解説ワンダーランド』など。

43尾崎士郎　おざきしろう（一八九八―一九六四）
小説家。主な著書は『人生劇場』『成吉思汗』『雷電』など。

44高木敏子　たかぎとしこ（一九三二―）
童話作家。主な著書は『ガラスのうさぎ』『めぐりあい』『けんちゃんとトシせんせい』など。

45金田茉莉　かねだまり（一九三五―）
戦争孤児の会元代表。著書に『かくされてきた戦争孤児』。

46岩井俊二　いわいしゅんじ（一九六三―）
映画監督、映像作家。主な作品に『打ち上げ花火、下から見るか?横から見るか』『スワロウテイル』『リリイ・シュシュのすべて』など。

47小田原文学館　おだわらぶんがくかん
神奈川県小田原市にある公共施設で一九九四年に開設。小田原出身やゆかりの作家の生涯や作品を展示紹介。建物は元宮内大臣・田中光顕別邸。敷地内に尾崎一雄邸の書斎が移築されている。

48石原裕次郎　いしはらゆうじろう（一九三四―一九八七）
俳優、歌手。主な作品は『太陽の季節』『狂った果実』『黒部の太陽』など。

49川端康成　かわばたやすなり（一八九九―一九七二）
小説家。ノーベル文学賞受賞。主な著書は『伊豆の踊り子』『雪国』『浅草紅団』など。

50水野成夫　みずのしげお（一八九九―一九七二）
実業家。フジテレビジョン（現フジ・メディア・ホールディングス）初代社長。翻訳家・フランス文学者としても才能を発揮、アナトール・フランス『神々は渇く』の翻訳は名訳として名高い。

51壇ふみ　だんふみ（一九五四―）
女優、エッセイスト。代表作品は『青春の蹉跌』『ふれあい』など。エッセイに『まだふみもみず』など。阿川佐和子との共著エッセイも人気が高い。

52檀一雄　だんかずお（一九一二―一九七六）
小説家。主な著書は『花筐』『リツ子・その愛』『火宅の人』など。

53遠藤周作　えんどうしゅうさく（一九二三―一九九六）
小説家。主な著書は『海と毒薬』『わたしが・棄てた・女』『沈黙』など。

54八木治郎　やぎじろう（一九二五―一九八三）
テレビ司会者。元ＮＨＫアナウンサー。モーニングショーやクイズ番組などの司会で人気を博す。

55阿川弘之　あがわひろゆき（一九二〇―二〇一五）
小説家。主な著書は『春の城』『雲の墓標』『山本五十六』など。

56阿川佐和子　あがわさわこ（一九五三―）
エッセイスト、小説家、タレント。主な著書は『ウメ子』『婚約のあとで』『聞く力』など。檀ふみ始め共著も多い。

57稲垣達郎　いながきたつろう（一九〇一―一九八六）
日本近代文学研究者。主な著書は『近代日本文学の風貌』『鹿角の蟹』『森鴎外の歴史小説』など。

58小林秀雄　こばやしひでお（一九〇二―一九八三）
文芸評論家。主な著書は『無常といふ事』『モオツァルト』『ゴッホの手紙』など。

（二〇二一年一〇月一日現在）

おわりに

子どもの頃、私は作文を書くのが好きではありませんでした。何故ならば、父が何かと口を出したからです。

「書きたいことのすべてを書くんじゃない」
「行間を読ませる文章がいい文章だ」
「悪い言葉は書かない。天気が悪い、ではなく、天気がよくない、の方がいい」

これらすべてが尾崎流で、そうした文章作法を父は尾崎さんからよく聞かされていたのだそうです。けれど、子どもの私に通じるわけもなく、書きたいように書けないことに、ある種の諦念を感じていました。

本や雑誌、漫画は大好きでした。子どものくせに猫並みの寒がりで、冬になると日向に座り込んで読むものだから、あっという間に視力が落ちてしまいました。

そんな私ではありますが、書くことについて小さな転機がありました。高校二年生の時に現代国語の授業で書いた作文が先生の目に留まり、学校の文集に掲載されることとなりました。テーマは自由だったのか、家族のことだったのか。私は、東京大空襲で亡くなった父の家族のことを書きました。当時、文芸誌『群像』で連載されていた尾崎さんの『続あの日この日』を読んだばかりだったからです。この作品は、尾崎さんの人生に関わりのあった人々を描いた尾崎版近代日本文学私史『あの日この日』の続編で、連載が始まるや、父は『群像』を定期購読するようになりました。私も時々連載に目を通していましたが、父や父の家族のことに触れた号を読んだ時、私は尾崎さんの文章を通して、空襲で家族を失った父の底知れない悲しみに触れ、感じたままを作文にしたのです。

そして思いがけず、担任の先生や同級生、また部活の先輩から感想が寄せられました。墨田区の向島にある高校でしたから、東京大空襲ネタに反応したのだろうと思うのですが、理由はなんであれ、自分の書いたものを読んで感じてくれる人が存在する、それは私にとって奇跡のような経験でした。

その後、私は出版社で編集の仕事に就き、そしてフリーランスになりました。工芸、きもの、日本文化をテーマに選び、編集や執筆をしていくうちに、いつの頃からか、父と尾崎一雄さんの物語を書いてみたいと考えるようになっていました。母の度重なる入院や介護の関係で、父と二人になる機会が増え、ちょっとしたきっかけから始まる父の昔話が面白く、ふと思い立ち、記憶から消えぬうちに書き留めるようになりました。さすがに父親を取材する気にはなれず、あくまで雑談として聞き、同じ話が出てきた際には、チャンス、とばかり深掘りするようにしました。

「それっていつ頃?」
「その親戚の人ってどんな関係?」
「そこにはどうやって行ったの?」

知らないことだらけでした。事実関係がよくわからない話もたくさんありました。幸い、尾崎さんの作品や、父が書いた文章、父の従弟が送ってくれた資料などの下支えがあったので、裏付けや類似の事例を探すべくネット検索や資料の取り寄せを重ねました。すると父の家族や父の人生の解像度がどんどん高まり、父を通して見える戦前、戦中、戦後が鮮やかに立ち現れ、それはもう驚きの連続でした。

この物語はフリー投稿サイトｎｏｔｅに綴ってきたものがもとになっています。一話書くごとに父に目を通してもらい、修正をしつつ続けていたのですが、ある時、父がつぶやきました。
「亡くなった人たちに命が吹き込まれたな」と。
私にとっては見知らぬ人ばかりですが、血の繋がる人たち。その親愛の思いを込めて、久子さんや林平さんをはじめとした身内の人々に敬称を添えさせていただきました。

この物語を書籍化できればと、旧知の編集者である上野昌人さんにご相談したところ、里文出版とのご縁を結んでくださり、また、読みやすく愛しい一冊に仕上げてくださいました。里文出版社長の安藤秀幸さんは父と同様に戦争を経験している世代で、この物語を気に入ってくださり、出版の機会をつくってくださいました。心より御礼申し上げます。また、古い友人であるイラストレーターの岡田知子さんは、ｎｏｔｅに連載していた時から、この物語を楽しみにしてくださっていて、また、義理のお父上が浅草で東京大空襲を経験した人だと伺っていました。岡田さんの挿画は、ひとつひとつが小さなユートピアです。

尾崎さんは最後の文士とも称される人ですが、今ではその名前を知る人も少なくなりました。

けれど、戦後早くから科学万能の時代に警鐘を鳴らしていた作家であり、東洋思想に基づく見識は深く、この時代にこそ読み継がれるべき作品を多く残しています。この本を手にとってくださった方が尾崎一雄作品に関心をもってくださり、作品に宿る哲学を味わうきっかけとなるならば。父も私も、それを願ってやみません。

二〇二一年　気候変動を実感する秋の日に

田中敦子

引用文献／尾崎一雄全集（筑摩書房刊）

田中敦子（たなかあつこ）

1961年東京都出身。早稲田大学第一文学部卒業。証券会社勤務を経て、1986年（株）主婦の友社入社。1996年フリーとなり、編集、執筆活動をスタート。2001年（株）小学館刊『和樂』創刊スタッフとして参画。2004年（株）プレジデント社着物季刊誌『七緒』の創刊に関わり、その後監修も手がける。染織史については、染織史家・吉岡幸雄氏の指導を受ける。現在、工芸、きもの、日本文化を中心に、取材、執筆、編集を行う。著書に『江戸の手わざ　ちゃんとした人、ちゃんとしたもの』（文化出版局）、『きもの自分流―リアルクローズ―入門』（小学館）、『もののみごと　江戸の粋を継ぐ職人たちの、確かな手わざと名デザイン。』（講談社）、『インドの更紗手帖』『更紗　美しいテキスタイルデザインとその染色技法』（ともに誠文堂新光社）、『きもの宝典』（主婦の友社）など。染織、工芸の企画展プロデュース、アドバイザーなども手がける。

父のおじさん

作家・尾崎一雄と父の不思議な関係

発　行　令和3年12月10日
著　者　田中 敦子
発行者　安藤 秀幸
発行所　株式会社 里文出版
東京都新宿区新宿3−32−10
〒160−0022
電話03−3352−7322
印刷所　ティーケー出版印刷
ISBN978-4-89806-514-3

イラスト（カバー・本文）岡田 知子
デザイン（カバー・本文）上野 昌人